1 Desenhos de Carlos Scliar para a capa da primeira edição de *Para uma menina com uma flor* (Rio de Janeiro: Editora do Autor, 1966). Trata-se de retratos de Nelita Abreu Rocha, mulher de Vinicius de Moraes, a quem o livro é dedicado (pode-se ver o desenho escolhido na capa original, reproduzida na página anterior).

Vinicius

Aí vão as provas.

Pedem-me para rogar a você **NÃO** fazer a revisão tipográfica.

Altere o que quizer (quanto menos melhor) mas deixe os erros de revisão. Se quizer, mais tarde você poderá ver as últimas provas já revistas.

Entra no Rio até 6ª

Abraço Rubem

—1—

2 Bilhetes trocados entre Rubem Braga e Vinicius de Moraes, em que se ocupam de detalhes acerca da primeira edição do livro.

EDITÔRA do Autor
RUA ARAUJO PÔRTO ALEGRE, 70 — GR. 613
END. TEL.: «EDAUTOR» - RIO DE JANEIRO - E. GUANABARA
TEL. 42-9421

URGENTE!

Páginas

— 33 linhas por página
— abertura de tamanho médio
— não deixar páginas falsas

Mando os originais para tirar alguma dúvida. Peço devolvê-los com as novas provas.

O resto irá amanhã

Empós meu canto. É ela uma menina
Como um jóven pássaro, uma súbita e lenta dançarina
Que para mim caminha em pontas, os braços suplicantes
Do meu amor em solidão. Sim, eis que os arautos
Da descrença começam a encapuçar-se em negros mantos
Para cantar seus réquiens e os falsos profetas
A ganhar ràpidamente os logradouros para gritar suas
mentiras,

Mas nada a detém; ela avança, rigorosa.
Em rodopios nítidos
Criando vácuos onde morrem as aves.
Abre-se em pétalas... Ei-la que vem vindo
Como uma escura rosa voltejante
Surgida de um jardim imerso em trevas.
Ela vem vindo... Desnudai-me, aversos!
Lavai-me, chuvas! Enxugai-me, ventos!
Alvorecei-me, auroras nascituras!
Eis que chega de longe, como a estrêla
De longe, como o tempo
A minha amada última!

1941-1953
Crônicas publicadas em:
SOMBRA
O JORNAL
DIÁRIO CARIOCA
ÚLTIMA HORA
~~A VANGUARDA~~ FLAN
MANCHETE
~~FLAN~~ /A VANGUARDA

INOCÊNCIA
"Seamos todos locos"
Santa Tereza

As pessoas que frequentam o Café Vermelhinho, em
frente à A.B.I. — centro das jóvens artes plásticas do
Rio, e onde, depois das lides diárias, alguns escritores
costumam também descansar o espírito — conhecem, pelo
autor do inocente poema que hoje vos tragos para vos

redondo

/Seu corpo, pouco a pouco

*inserir o
verso na
entrelinha*

/o
/menos de vista
/α

— conhecem, pelo menos de vista, o Petuccinni

№ 2 para 3: conheci, pelo menos de vista, o alagoano Antônio Saldira
da Silva, autor do inocente poema que hoje vo trago
para os purificar dos males do sertão soaiai.

4 Acima, o poeta e sua mulher Nelita durante o Festival de Cinema de Cannes, na França, em maio de 1966, quando Vinicius dele participou como jurado.

5 Ao lado, retrato de Nelita feito por Vinicius, em aquarela. Trata-se, provavelmente, da única experiência plástica do poeta.

6 Três momentos de *Para uma menina com uma flor*: na página anterior, Paris comemora o fim da ocupação alemã (Vinicius prevê o término do conflito como um sonho fantástico na crônica "Depois da Guerra"); acima, a igreja da Penha (1965), marco da paisagem do Rio de Janeiro, que aparece em "Batizado na Penha"; ao lado, a favela conhecida como Praia do Pinto (entre 1966 e 1969), no bairro carioca do Leblon, retratada em crônica homônima, datada de maio de 1953 (anterior, portanto, à remoção da favela, ocorrida após um incêndio, em 1969).

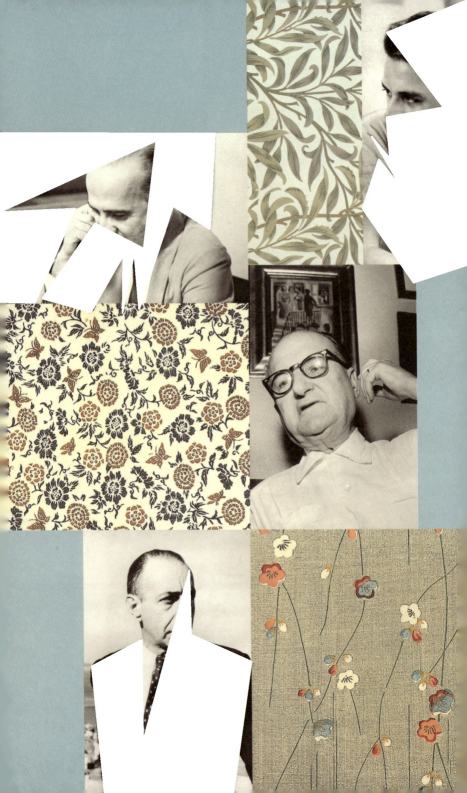

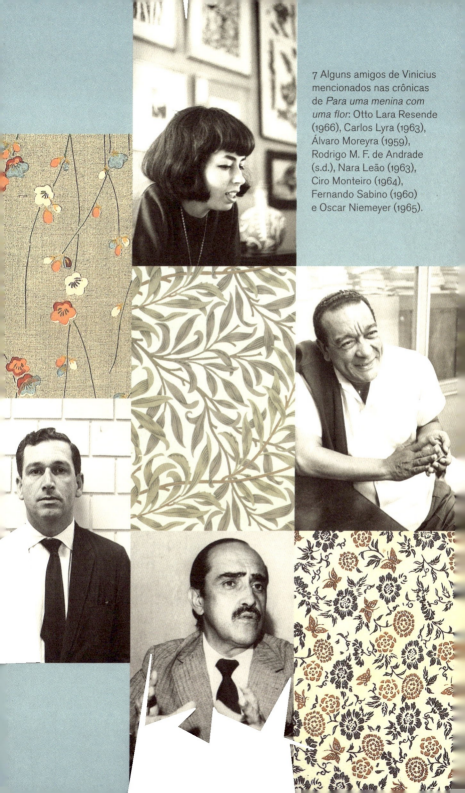

7 Alguns amigos de Vinicius mencionados nas crônicas de *Para uma menina com uma flor*: Otto Lara Resende (1966), Carlos Lyra (1963), Álvaro Moreyra (1959), Rodrigo M. F. de Andrade (s.d.), Nara Leão (1963), Ciro Monteiro (1964), Fernando Sabino (1960) e Oscar Niemeyer (1965).

sulto inútil e seu coração triste de tanta vã mentira que lhe ensinaram...

MORRER NUM BAR

Na morte de Antônio Maria

Aí está meu Maria... Acabou / Acabou o seu eterno sofrimento por tudo, e acabou o meu sofrimento por sua causa. Na madrugada dêste mesmo 15 de outubro em que, em frente aos pinheirais destas montanhas tão queridas, eu me sento à máquina para lhe dar êste até-sempre, seu imenso coração / que a vida e a incontinência já haviam uma vez rompido de dentro, como uma flor de sangue, não resistiu mais à sua grande e suicida vocação para morrer.

Acabou, meu Maria. Você pode descansar em sua terra, sem mais amôres e sem mais saudades, despojado do fardo de sua carne e bem aconchegado no seu sono. Acabou o desespêro com que você tomava conta de tudo o que amava demais: o crescimento harmonioso de seus filhos, o bem-estar de suas mulheres e a terrível sobrevivência de um poeta que foi a sua melhor personagem e o seu maior amigo. Acabou a sua fome, a sua sêde, a sua cólera. Acabou a sua dieta. Aqui, parado em frente a estas montanhas onde, há trinta anos atrás, descobri maravilhado que eu tinha uma voz para o canto mais alto da poesia, e para onde, neste mesmo hoje, você deveria chamar porque (~~diria~~ o recado) não agüentava mais de saudades / — aprendo, sem galicismo e sem espanto, a sua morte. Quando a caseira subiu a alegre ladeirinha que traz ao meu chalé para me chamar ao telefone — eram 9 da manhã — eu me vesti rápido dizendo comigo mesmo: / É o Maria!" E ao descer correndo para a Pensão fazia planos: / Porei o Maria no quarto de solteiro ao lado, de modo a podermos bater grandes papos e rir muito, como gostamos..." E ainda a caminho fiquei pensando: / será que Itatiaia não é muito alto para o coração dêle?..." Mas você, há uma semana — quando pela primeira e última vez estivemos juntos depois de minha chegada da Europa, numa noitada de alma aberta

8 Ainda a amizade e os amigos como tema: prova tipográfica da crônica "Morrer num bar", na qual o autor acrescenta, a caneta, a epígrafe a Antônio Maria; ao lado, Vinicius e seus companheiros no célebre show da boate Zum-Zum: Dorival Caymmi, Oscar Castro Neves e Cyva, uma das cantoras do Quarteto em Cy (1964).

9 Uma das cidades mais queridas de Vinicius é reverenciada, no livro, em "Ouro Preto de hoje, Ouro Preto de sempre". Sua paisagem aparece, aqui, numa tela de Guignard, também homenageado em *Para uma menina com uma flor* na crônica que traz o nome do pintor como título.

PARA UMA MENINA
COM UMA FLOR

PARA UMA MENINA COM UMA FLOR
1966
VINICIUS DE MORAES

ORGANIZAÇÃO
EUCANAÃ FERRAZ

5ª REIMPRESSÃO

**COLEÇÃO
VINICIUS DE MORAES**
COORDENAÇÃO
EDITORIAL
EUCANAÃ FERRAZ

COMPANHIA DAS LETRAS

Copyright © 2009 by V. M. Empreendimentos Artísticos e Culturais Ltda.

Grafia atualizada segundo o Acordo Ortográfico da Língua Portuguesa de 1990, que entrou em vigor no Brasil em 2009.

Capa e projeto gráfico
warrakloureiro
Fotos de capa
(Pessoas no parque)
© Henri Cartier-Bresson/ Magnum Photos/ LatinStock
(Papel de parede)
'Willow Bough' wallpaper design, 1887 by William Morris (1834-96).
Private Collection/ The Bridgeman Art Library
(Detalhe floral)
Detail of a floral floor pattern, c. 1880 (mosaic) by George II Aitchison (1825-1910)
© Leighton House Museum, Kensington & Chelsea, London,
UK/ The Bridgeman Art Library
(Rio de Janeiro)
© Rene Burri/ Magnum Photos/ LatinStock
Pesquisa
Eucanaã Ferraz
Daniel Gil
Natalia Cordoniz Klussmann
Preparação
Márcia Copola
Revisão
Daniela Medeiros
Carmem S. da Costa

Dados Internacionais de Catalogação na Publicação (CIP)
(Câmara Brasileira do Livro, SP, Brasil)

Moraes, Vinicius de, 1913-1980.
Para uma menina com uma flor : 1966 / Vinicius de Moraes ;
— São Paulo : Companhia das Letras, 2009.

ISBN 978-85-359-1508-4

1. Crônicas brasileiras I. Título

09-06523   CDD-869.93

Índice para catálogo sistemático:
1. Crônicas : Literatura brasileira 869.93

[2015]
Todos os direitos desta edição reservados à
EDITORA SCHWARCZ S.A.
Rua Bandeira Paulista 702 cj. 32
04532-002 — São Paulo — SP
Telefone: [11] 3707 3500
Fax: [11] 3707 3501
www.companhiadasletras.com.br
www.blogdacompanhia.com.br

SUMÁRIO

A brusca poesia da mulher amada [*III*] 11

1941-1953

Inocência 15
Depois da Guerra 19
O 6 de junho 22
Chorinho para a amiga 25
Meninas sozinhas perdidas no mundo e dentro de si 28
Conto rápido 30
Sentido da primavera 34
A mulher e a sombra 37
Conto carioca 40
Meu Deus, não seja já! 42
Libelo 45
Arma secreta 47
Batizado na Penha 50
O exercício da crônica 53
Ouro Preto de hoje, Ouro Preto de sempre 55
Praia do Pinto 61
Do amor à pátria 63
Seu "Afredo" 65
Apelidos 67
Antônio Maria 70
Operários em construção 72
História triste 74
Dia de Sábado 76
Cãibra 78
O aprendiz de poesia 80
Guignard 85

Morte natural 87

Susana, flor de agosto 89

1964-1966

Para uma menina com uma flor 93

Minha terra tem palmeiras... 96

Uma viola-de-amor 99

Morrer num bar 101

O "IDAP" 104

Suave amiga 107

Velho amigo 109

Toadinha de Ano Novo 112

Contracapa para Paul Winter 115

Um taradinho de quatrocentos anos 120

Caxambu-les-Eaux 124

001 127

Schmidt 130

Com o pé na cova 133

Amigos meus 136

O delírio do óbvio 138

Do amor aos bichos 141

A um jovem poeta 145

H_2O 147

Hino carioca 149

Um abraço em Pelé 151

Conversa com Caymmi 153

Brotinho indócil 155

O amor em Botafogo 157

Conto do dilúvio 160

Cobertura na Gávea 162
Iemanjá do Céu 164

posfácio
O lado B das paixões,
por Beatriz Resende 169

arquivo
Prefácio à 1ª edição, por Vinicius de Moraes 179
Pelo dia de seus anos, poema de Vinicius de Moraes 181
O neoufanismo de Vinicius, entrevista a Odacir Soares 183

cronologia 197

créditos das imagens 205

PARA UMA MENINA COM UMA FLOR

A BRUSCA POESIA
DA MULHER AMADA [*III*]*

A Nelita

Minha mãe, alisa de minha fronte todas as cicatrizes do
                                          [passado
Minha irmã, conta-me histórias da infância em que eu haja
                                          [sido herói sem mácula
Meu irmão, verifica-me a pressão, o colesterol, a turvação
                                          [do timol, a bilirrubina
Maria, prepara-me uma dieta baixa em calorias, preciso
                                          [perder cinco quilos
Chamem-me a massagista, o florista, o amigo fiel para as
                                          [confidências
E comprem bastante papel; quero todas as minhas
                                          [esferográficas
Alinhadas sobre a mesa, as pontas prestes à poesia
Eis que se anuncia de modo sumamente grave
A vinda da mulher amada, de cuja fragrância
Já me chega o rastro.
É ela uma menina, parece de plumas
E seu canto inaudível acompanha desde muito a migração
                                          [dos ventos
Empós meu canto. É ela uma menina
Como um jovem pássaro, uma súbita e lenta dançarina
Que para mim caminha em pontas, os braços suplicantes
Do meu amor em solidão. Sim, eis que os arautos
Da descrença começam a encapuzar-se em negros mantos
Para cantar seus réquiens e os falsos profetas
A ganhar rapidamente os logradouros para gritar suas
                                          [mentiras

Mas nada a detém; ela avança, rigorosa
Em rodopios nítidos
Criando vácuos onde morrem as aves.
Seu corpo, pouco a pouco
Abre-se em pétalas... Ei-la que vem vindo
Como uma escura rosa voltejante
Surgida de um jardim imerso em trevas.
Ela vem vindo... Desnudai-me, aversos!
Lavai-me, chuvas! Enxugai-me, ventos!
Alvorecei-me, auroras nascituras!
Eis que chega de longe, como a estrela
De longe, como o tempo
A minha amada última!

*Optamos por acrescentar o número ao título, a fim de diferenciar este poema de outros dois que trazem o mesmo nome: "A brusca poesia da mulher amada". O primeiro apareceu no livro *Novos poemas* (1938) e o segundo em *Novos poemas II* (1959).

1941-1953 [*]

[*]Crônicas publicadas em: *Sombra, O Jornal, Diário Carioca, Última Hora, Flan, Manchete* e *A Vanguarda.*

INOCÊNCIA

Seamos todos locos
Santa Teresa

As pessoas que frequentam o Café Vermelhinho, em frente à ABI — centro das jovens artes plásticas do Rio, e onde, depois das lides diárias, alguns escritores costumam também descansar o espírito —, conhecem, pelo menos de vista, o alagoano Antônio Galdino da Silva, autor do inocente poema que hoje vos trago para vos purificar dos males de serdes sociais. Trata-se, o poeta, de um caboclo escuro, cor de melaço rico, com uns olhos distantes e um bigodinho frio num rosto vigoroso e franco de nordestino. Capenga, passeia-se itinerante, a bengala quase chapliniana numa das mãos, na outra um leque de bilhetes de loteria, num trabalho persuasivo de oferecer fortunas, mas que nunca chega a ser maçante.

Não há aluno da Escola de Belas Artes que não lhe queira bem. Tenho certeza de que, numa batalha estudantil, Antônio Galdino da Silva brigaria até o fim em defesa de sua gente — e nisso ele me recorda o velho português Carmona, da Faculdade de Direito do meu tempo, que um dia passou as manoplas duras como um cadeado em volta das grades do portão da escola e explicou aos tiras, que do lado de fora se esforçavam por entrar: "Nos meus m'ninos ningaim bate!".

Antônio Galdino da Silva apareceu de repente fazendo poesia. Alfredo Ceschiatti, escultor novo do grupo revolucionário das Belas Artes, cuja figura sonolenta como que já se vai fixando pictoricamente entre as vermelhidões do agitado café carioca, compareceu-me outro dia com essa "Santíssima Noemy, em Prece a Deus pelo seu Destino e sua Felicidade", que *Sombra* ora vos dá como iguaria rara, em bandeja de prata. O poema, não saberia dizer como, levou-me atrás... ao tempo em que eu, menino de dezoito anos, descobria, entre confuso e maravilhado, no sossego de Itatiaia, a música do texto das *Iluminações*, de Rimbaud, e deixava-me levar, bêbado de poesia, no seu louco navio, em meio aos "azuis verdes" do mar e do céu confundidos pela visão do poeta. Não poderia explicar a aproximação. Não há nenhuma semelhança efetiva entre esses dois lirismos. São inocências diversas, fruto de naturezas diferentes. Talvez, quem sabe, a mesma tendência em ambos para a sabedoria das palavras inexistentes, inventadas no paroxismo da criação, e capazes de confundir num só organismo cores, climas, perfumes, imagens e ritmos perdidos — quem sabe...

É realmente extraordinário. Um poema nasce de um voto de amor e, súbito, no milagre de uma palavra, reúne tudo o que, de tão vago, poeta nenhum saberia dizer diferentemente sem se tornar banal:

Em sua vida cheia de inverderume céu!

Inverderume tem tudo: o inverno, a cor verde dos campos, uma luz que não chega a se precisar, a ideia da divindade feminina, um amanhecer e uma tarde. E depois deste achado, o poeta atinge, sem mais, uma altitude bíblica. A linha seguinte contém todo o mistério da mulher em sua santidade física. Esses *acatos das trevas alucinantes* são uma das coisas mais doidas que já li. Como interpretar, sem desfazer o mundo do sentido que circula no espaço dessas três palavras? Poderá haver sublimação maior?

Dos seus acatos das trevas alucinantes...
Em sacraremos das suas inlomares
Que vêm-me varejando os meus clarins.

E por quem é que vou gritando neste caminho?
É por Deus! é por Deus! é por Deus do Céu!...

Parece Isaías. Não são muitos os momentos maiores no tremendo poeta bíblico. Os versos descem numa cadência onde se alternam os mais terríveis gritos e as mais litúrgicas pacificações. O verso: "Em sacraremos das suas inlomares" solta pombas místicas no corpo silencioso de uma nave. O decassílabo que se segue é *Guernica*, de Picasso, sem tirar nem pôr. Os dois versos finais da estrofe são como a memória de outras vozes, as dos Profetas, a de Saulo na estrada de Damasco, perseguido de Deus...

Isso tudo, tão alto porque tão inocente. Se houvesse propósito, alguns desses versos perderiam talvez em conteúdo, embora me pareça que sua qualidade formal independa do fato de terem sido feitos por um homem simples. Mas sabermos que foram escritos por Antônio Galdino da Silva, bilheteiro, dá-lhes um panejamento insopitável.

Aqui e ali, o poeta lembra Augusto Frederico Schmidt, o Schmidt dos poemas proféticos e do "Canto da noite":

Noemy anda perdida nas matas do Araquém?
Não! Não! Ainda não! Noemy está pensando
Está sonhando, está dormindo em casa
Da sua amiguinha e companheira inseparável!...

Só Schmidt é capaz de trabalhar conscientemente um valor poético de surpresa com tão cândida mestria. Senão, confronte-se:

Penso num vago luar, penso na estrela
Na andorinha do céu avoando, avoando...
Adeus, Julieta, vou fugir daqui!

("O canto da noite")

Em certos trechos surge o músico, o modinheiro que vive em potencial na alma brasileira de Antônio Galdino da Silva, trazendo acordes de frases suburbanas a Uriel Lourival, o divino poeta da valsa "Mimi":

[...] *e o sol brilha elegantemente*
Se debruça aos meus pés chorando tanto
Que por uma credencial do sol brilhante
E, espalhadamente, é de minha Aleluia, Aleluia!...

Não vos poderei dizer mais. Relede o poema no silêncio de vós mesmos, e meditai depois sobre este verso puríssimo de um homem do povo que ganha a vida vendendo bilhetes, e cuja cor, no espectro, reúne todas as cores:

Felizes não são estes ainda que me veem de longe...

Setembro de 1941

DEPOIS DA GUERRA

Depois da Guerra vão nascer lírios nas pedras, grandes lírios cor de sangue, belas rosas desmaiadas. Depois da Guerra vai haver fertilidade, vai haver natalidade, vai haver felicidade. Depois da Guerra, ah meu Deus, depois da Guerra, como eu vou tirar a forra de um jejum longo de farra! Depois da Guerra vai-se andar só de automóvel, atulhado de morenas todas vestidas de short. Depois da Guerra, que porção de preconceitos vão se acabar de repente com respeito à castidade! Moças saudáveis serão vistas pelas praias, mamães de futuros gêmeos, futuros gênios da pátria. Depois da Guerra, ninguém bebe mais bebida que não tenha um bocadinho de matéria alcoolizante. A Coca-Cola será relegada ao olvido, cachaça e cerveja muita, que é bom pra alegrar a vida! Depois da Guerra não se fará mais a barba, gravata só pra museu, pés descalços, braços nus. Depois da Guerra, acabou burocracia, não haverá mais despachos, não se assina mais o ponto. Branco no preto, preto e branco no amarelo, no meio uma fita de ouro gravada com o nome dela. Depois da Guerra ninguém corta mais as unhas, que elas já nascem cortadas para o resto da existência. Depois da Guerra não se vai mais ao dentista, nunca mais motor no nervo, nunca mais dente postiço. Vai haver cálcio, vitamina e extrato hepático correndo nos chafarizes, pelas ruas da cidade. Depois da Guerra não haverá mais Cassinos, não haverá mais Lídices, não haverá mais Guernicas. Depois da Guerra vão voltar os bons tempinhos do Carnaval carioca com muito confete, entrudo e briga. Depois da Guerra, pirulim, depois da Guerra, vai surgir um sociólogo de espantar Gilberto Freyre. Vai-se estudar cada coisa mais gozada, por exemplo, a relação entre o Cosmos e a mulata. Grandes poetas farão grandes epopeias, que deixarão no chinelo Camões, Dante e Itararé. Depois da Guerra, meu amigo Graciliano pode tirar os chinelos e ir dormir a sua sesta. Os romancistas viverão só de estipêndios, trabalhando sossegados numa casa na montanha. Depois da Guerra vai-se tirar muito mofo de homens padronizados pra fazer penicilina. Depois da Guerra não haverá mais tristeza: todo o mundo se abraçando num geral desarmamento. Chega francês, bate nas costas do inglês, que convida o italiano para um chope no Alemão. Depois da Guerra, pirulim, depois da Guerra, as mulheres andarão perfeitamente à vontade. Ninguém dirá a expressão "mulher perdida", que serão todas achadas sem mais banca, sem mais briga. Depois da Guerra vão se abrir todas as burras, quem estiver mal de cintura faz logo um requerimento. Os operários irão ao Bife de Ouro, comerão somente o bife, que ouro não é comestível. Gentes vestindo macacões de fecho zíper dançarão seu jiterbugue em plena Copacabana. Bandas de música voltarão para os coretos, o povo se divertindo no remelexo do samba. E quanto samba, quanta doce melodia, para a alegria da massa comendo cachorro-quente! O poeta Schmidt voltará à poesia, de que anda desencantado, e escreverá grandes livros. Quem quiser ver o poeta Carlos criando ligará a televisão, lá está ele, que homem magro! Manuel Bandeira dará aula em praça pública, sua voz seca soando num bruto de um megafone. Murilo Mendes ganhará um autogiro, trará mensagens de Vênus, ensinando o povo a amar. Aníbal Machado estará são como um *perro*, numa tal atividade que Einstein rasga seu livro. Lá no planalto os negros nossos irmãos voltarão para os seus clubes de que foram escorraçados por lojistas da Direita (rua). Ah, quem me dera que essa Guerra logo acabe e os homens criem juízo e aprendam a viver a vida. No meio-tempo, vamos dando tempo ao tempo, tomando nosso chopinho, trabalhando pra família. Se cada um ficar quieto no seu canto, fazendo as coisas certinho, sem aturar desaforo; se cada um tomar vergonha na cara, for pra guerra, for pra fila com vontade e paciência — não é possível! esse negócio melhora, porque ou muito me engano, ou tudo isso não passa de um grande, de um doloroso, de um atroz mal-entendido!

Maio de 1944

O 6 DE JUNHO

Le jour de gloire est arrivé
A Marselhesa

Na madrugada do dia 6 de junho, a pacífica travessa Santa Amélia, sita em Copacabana, foi despertada por gritos femininos próximos da alucinação. Assustados, acorreram os moradores para se deparar com o espetáculo de uma mulher, uma francesa, que, debruçada de sua janela, clamava para o céu noturno, como o clarim da liberdade:

— *Brésiliens! Réveillez-vous, brésiliens! L'Europe a été envahie! Vive la France! Réveillez-vous, brésiliens!*

Foi assim que uma jovem amiga minha soube da invasão da Europa. Por intermédio dela, provavelmente dezenas de moças tiveram conhecimento da notícia, que por sua vez telefonaram para centenas de amiguinhas as quais avisaram a milhares de outras. No espaço de um minuto esse grito criou a maior barafunda em que já se terão visto as linhas telefônicas do Rio e dos estados da República:

— Alô?

— ...

— Desculpe, é engano.

— A senhora não se enxerga de estar fazendo gracinha a essa hora?

— Não faz mal. A Europa foi invadida!

— Por que é que a senhora não vai contar isso a sua mãe?

— Mas é sério! Pode ligar o rádio!

— Jura?

— Juro!

— Santa Maria!

E são mais cem pessoas que sabem da grande notícia e se comunicam com mais mil. No espaço cristalino, serenizado por uma lua quase cheia, ondas hertzianas esbarram, trançam-se, dão-se nós poderosos, criando estáticas insolúveis.

A Europa foi invadida!

Numa casa em Santa Teresa, um velho francês refugiado, cardíaco, morre de alegria. Casais brigados trocam de bem, parturientes encruadas dão à luz como por encanto. Um poeta com um poema atravessado encontra subitamente a solução. A Europa foi invadida! No alto das favelas os negros batucam sem saber de nada. Notam apenas que, na cidade embaixo, muitas luzes se acenderam em muitas casas. Não sabem que o grande golpe foi dado para a extirpação completa do cancro racista no mundo. Milhares de arcanjos desceram em milhares de paraquedas em meio a um mar de fogo, nas praias e nos campos da França. Legiões de arcanjos impiedosos, traumatizados pela rapidez da queda e pela gana de possuir a terra, caindo sem ver onde, sobre o ventre amoroso da França.

O velho Tempo, relativo, ainda tentou, com as suas ásperas mãos nodosas, forçar o cadeado do 5 para transformá-lo num 6 universal a se fechar em algema, na hora o do ataque — a hora comum para todos os povos subjugados do mundo — sobre os punhos do nazismo. Em vão. Desgarrada de seu próprio segredo a notícia corre, chega ao Brasil três horas antes de acontecer na realidade. Antes das barcaças de desembarque tocarem as praias da Normandia, já o Brasil sabia que as primeiras posições tinham sido firmadas em solo francês. Telefonadas, champanha espocando, beijos, lágrimas, confraternização. Na redação entra um preto, braço em riste, com um ramo de flores na mão: imagem eterna para um Guignard. A emoção abrevia a vida de metade da população de, sem exagero, 5 anos menos. Formam-se dilatações da aorta, por outro lado acontecem milagres. Um hipotenso, com a máxima a 6, volta ao normal. Muitos dormiam sem saber de nada — muitos cansados do trabalho braçal do dia, do massacre das filas, da miséria dos bondes e trens superlotados; muitos exaustos de dar pulo para conseguir o amanhã da família, muitos que a vida vem gastando, que a carestia vem submetendo, que as humilhações vêm afligindo, que o nervoso, a anemia, a úlcera do estômago, a velhice precoce vêm roendo scm remissão. Esses dormiam, sem rádio ou telefone para saber a notícia. Mas é para eles, mais que para os outros, que meu coração se volta neste momento. A hora da Libertação se aproxima. É para eles que aquela mulher da sacada da travessa Santa Amélia grita o seu grito de amor e de anunciação:

— Brasileiros! Despertai, brasileiros!

Junho de 1944

CHORINHO PARA A AMIGA

Se fosses louca por mim, ah eu dava pantana, eu corria na praça, eu te chamava para ver o afogado. Se fosses louca por mim, eu nem sei, eu subia na pedra mais alta, altivo e parado, vendo o mundo pousado a meus pés. Oh, por que não me dizes, morena, que és louca varrida por mim? Eu te conto um segredo, te levo à boate, eu dou vodca pra você beber! Teu amor é tão grande, parece um luar, mas lhe falta a loucura do meu. Olhos doces os teus, com esse olhar de você, mas por que tão distante de mim? Lindos braços e um colo macio, mas por que tão ausentes dos meus? Ah, se fosses louca por mim, eu comprava pipoca, saía correndo, de repente me punha a cantar. Dançaria convosco, senhora, um bailado nervoso e sutil. Se fosses louca por mim, eu me batia em duelo sorrindo, caía a fundo num golpe mortal. Estudava contigo o mistério dos astros, a geometria dos pássaros, declamando poemas assim: "Se eu morresse amanhã... Se fosses louca por mim...". Se você fosse louca por mim, ô maninha, a gente ia ao mercado, ao nascer da manhã, ia ver o avião levantar. Tanta coisa eu fazia, ó delícia, se fosses louca por mim! Olha aqui, por exemplo, eu pegava e comprava um lindo *peignoir* pra você. Te tirava da fila, te abrigava em chinchila, dava até um gasô pra você. Diz por que, meu anjinho, por que tu não és louca-louca por mim? Ai, meu Deus, como é triste viver nesta dura incerteza cruel! Perco a fome, não vou ao cinema, só de achar que não és louca por mim. (E no entanto direi num aparte que até gostas bastante de mim...) Mas não sei, eu queria sentir teu olhar fulgurar contra o meu. Mas não sei, eu queria te ver uma escrava morena de mim. Vamos ser, meu amor, vamos ser um do outro de um modo total? Vamos nós, meu carinho, viver num barraco, e um luar, um coqueiro e um violão? Vamos brincar no Carnaval, hein, neguinha, vamos andar atrás do batalhão? Vamos, amor, fazer miséria, espetar uma conta no bar? Você quer que eu provoque uma briga pra você torcer muito por mim? Vamos subir no elevador, hein, doçura, nós dois juntos subindo, que bom! Vamos entrar numa casa de pasto, beber pinga e cerveja e xingar? Vamos, neguinha, vamos na praia passear? Vamos ver o dirigível, que é o assombro nacional? Vamos, maninha, vamos, na rua do Tampico, onde o pai matou a filha, ô maninha, com a tampa do maçarico? Vamos, maninha, vamos morar em Jurujuba, andar de barco a vela, ô maninha, comer camarão graúdo? Vem cá, meu bem, vem cá, meu bem, vem cá, vem cá, vem cá, se não vens bem depressinha, meu bem, vou contar para o seu pai. Ah, minha flor, que linda, a embriaguez do amor, dá um frio pela espinha, prenda minha, e em seguida dá calor. És tão linda, menina, se te chamasses Marina, eu te levava no banho de mar. És tão doce, beleza, se te chamasses Teresa, eu teria certeza, meu bem. Mas não tenho certeza de nada, ó desgraça, ó ruína, ó Tupá! Tu sabias que em ti tem taiti, linda ilha do amor e do adeus? tem mandinga, tem mascate, pão-de-açúcar com café, tem chimborazo, kamtchaka, tabor, popocatepel? tem juras, tem jetaturas e até danúbios azuis, tem igapós, jamundás, içás, tapajós, purus! — tens, tens, tens, ah se tens! tens, tens, tens, ah se tens! Meu amor, meu amor, meu amor, que carinho tão bom por você, quantos beijos alados fugindo, quanto sangue no meu coração! Ah, se fosses louca por mim, eu me estirava na areia, ficava mirando as estrelas. Se fosses louca por mim, eu saía correndo de súbito, entre o pasmo da turba inconsútil. Eu dizia: Ai de mim! eu dizia: *Woe is me!* eu dizia: *hélas!* pra você... Tanta coisa eu diria, que não há poesia de longe capaz de exprimir. Eu inventava linguagem, só falando bobagem, só fazia bobagem, meu bem. Ó fatal pentagrama, ó lomas valentinas, ó tetrarca, ó sevícia, ó letargo! Mas não há nada a fazer, meu destino é sofrer: e seria tão bom não sofrer. Porque toda a alegria tua e minha seria, se você fosse louca por mim. Mas você não é louca por mim... Mas você não é louca por mim... Mas você não é louca por mim...

Julho de 1944

MENINAS SOZINHAS
PERDIDAS NO MUNDO
E DENTRO DE SI

Feito sobre um desenho de Carlos Scliar

Meninas sozinhas, perdidas no mundo e dentro de si: eu gostaria de tocar-lhes xilofone nas clavículas, harpa nas costelas, cuíca na caveira e gostaria também de lhes pedir emprestados os fêmures e com um fazer uma flauta, e com o outro bater um fantástico tambor feito da pele dos seus ventres bem esticada sobre sua ossada pélvica. E gostaria que o som que saísse do xilofone e da harpa e da cuíca e da flauta e do tambor dissesse Hitler!

Meninas sozinhas, perdidas no mundo e dentro de si: ó abstratas, mímicas ganglionares! — feixes de ossos armados para a fogueira de todas as esperanças, todos os votos, todos os desejos. Eu gostaria...

Por vós clamamos, por vós suspiramos, ó degradadas filhas de Eva, macérrimas torres de fome e solidão, meninas de eterna impuberdade, perdidas na sombra, perdidas na noite, perdidas no mundo e em si mesmas perdidas.

Aparentemente meninas: conservais no rosto a perene crispação de um sorriso. Mas não é sorriso, é magreza. Não vos foram dados lábios nem para sorrir nem para beijar. Tendes a boca negra como uma cratera e vosso mau hálito suspira: amor! Sois opiladas e sedentas da poesia da palavra que é a Poesia: hormônio. Trazeis ventres inchados de entranhas vazias, onde afia as presas um filho sem pai, que traz um nome: Fome, Hambre, Faim, Hunger, Fame — ô *Femme, monceau d'entrailles, pitié douce...*

Pedis esmolas, pedis pão, pedis calor. Ganhais a moeda, a côdea, o chão. Nem a tepidez das lágrimas conheceis.

Mas caçam-vos os lobos humanos, e desprezam-vos os donos da vida. Em seus sapatos lustrosos, vosso rosto deformado se reflete quando ante eles vos inclinais sob a ameaça do chicote.

Meninas que sois a inocência do mundo, perdidas no mundo e dentro de vós. Meninas cadaverosas, errantes nas ruas de Varsóvia, errantes nas ruas de Berlim, errantes nas ruas de Xangai, errantes nas ruas do mundo, salvas dos destroços para as escadarias das igrejas, cariátides primitivas nascidas de cinzel sem gume, pobres odontomoças, furbas e tísicas, tristes e afônicas.

Meninas sozinhas perdidas no mundo e dentro de si. Há homens gordos que vos ignoram, homens baixos que vos ignoram, homens magros que vos ignoram, homens com bigode que vos ignoram, homens com óculos que vos ignoram, homens que se vestem de negro, pardo, verde e rosa que vos ignoram. São homens os que vos ignoram...

Ah, arcas de descrença, cântaros de fel, estrelas de podridão, púcaros de bacilos, pântanos de desejos, cloacas do abandono, cemitério de anelos, castelos de loucura, museus de horrores, templos de lues — ó meninas perdidas no mundo e dentro de si!

Meninas sozinhas, perdidas no mundo e dentro de si. Meninas sozinhas, meninas perdidas, perdidas sozinhas, sozinhas no mundo, meninas imundas, sozinhas no mundo, meninas imundas perdidas nas fossas do mundo...

Tende piedade de nós!

Agosto de 1944

CONTO RÁPIDO

Todas as manhãs de sol ia para a praia, apertada num maiô azul. Por onde passasse, deixava atrás de si olhares de homens colados a suas pernas douradas, a seus braços frescos. Os fornecedores vinham para a porta, os velhos para a janela, as ruas transversais movimentavam-se extraordinariamente à sua passagem cotidiana. Deixava uma sensação perfeita de graça e leviandade no espaço. Era loura, mas podiam-se ver massas castanhas por baixo da tintura dourada do cabelo. Trazia sempre o roupão meio aberto — e o vento da praia o enfunava alegremente, deixando-lhe à mostra as coxas vibrantes, cobertas de uma penugem tão delicada que só mesmo a claridade intensa deixava ver. Não tinha idade precisa. O corpo era de vinte anos, no entanto os cabelos pareciam velhos, mortificados de permanentes, e faltava-lhe aos olhos verdes a luz da mocidade. Usava uns sapatinhos vaidosos, de saltos incrivelmente altos, que lhe afirmavam melhor a elegância um pouco mole, um pouco felina. Seu filhinho, um lindo garoto de três anos, ela o arrastava consigo naquelas longas passeatas pela areia, pois nunca deixava de perambular um pouco para receber, aqui e ali, galanteios nem sempre delicados, que a deliciavam.

Ficava sob uma barraca parecidíssima com ela, uma coisa colorida e fagueira, localizável de qualquer distância. Ali arrumava cuidadosamente seus pertences, esticava o roupão, acamava a areia com o corpo e depois se esfregava longamente de óleo, as alças do maiô caídas, o início do colo infantil bem desnudado, os dois pequenos seios soltos como limões. O garotinho ficava brincando por ali, ora em correrias, ora agachado ante a maravilha de uma concha, de um tatuí, de um pedaço de pau. Isso era o ritual de todos os dias, que lhe dava tempo para a vinda dos admiradores habituais. Chegavam invariavelmente, um após outro, uns rapagões torrados do sol, de tórax enxutos e carões bonitos, curiosamente parecidos, todos. Ela ficava deitada, os braços em cruz, afagando a areia, afagando a cabecinha do filho, que, às vezes, lhe corria a trazer alguma descoberta. Os rapazes pintavam com o menino, alguns enfezavam-no, como a convidá-lo a ir brincar mais longe. Ela deixava, mole para reagir, e de vez em quando deitava um olhar complacente para a praia, a vigiá-lo quando o via um pouco longe. Mas o guri fugia das brincadeiras brutas dos rapazes e ela o esquecia, perdida em sua tagarelice, até que um mais ousado a forçava a um beijo rápido, entre a gargalhada dos demais. Contavam-se fitas de cinema, festas e mexericos de praia, jogavam peteca e uma vez ou outra os rapazes lutavam jiu-jítsu para ela, que se extasiava. Cada meia hora, corriam todos em bando para um mergulho coletivo, e ficavam brincando na água, sem se importar com os demais — os rapazes a empurrá-la, a pegá-la, ela gritando, se defendendo, batendo neles, uma delícia! Nessas horas o menininho chorava, vendo se afastar a mãe. Mas ela voltava e o comia de beijos sempre consoladores. Na verdade, a vida naquela barraca de praia era a coisa mais inconsequente e agradável da orla marítima.

E assim foi todo o verão. Só nas manhãs de chuva a praia perdia a sua figurinha loura, mas isso mesmo era razão demais para o encontro dos outros dias: ela, o menino e os rapazes de sungas curtíssimas, os tórax crus, a dar lindas "paradas" para ela ver, a pegar nela, a jogar peteca, a lutar jiu-jítsu. A jovem penca humana aumentou consideravelmente durante aquele período, e tudo não se passou sem uns dois ou três incidentes entre os atletas, inclusive uma briga feroz a que ela assistiu emocionada e que terminou por uma linda chave de braço com distorção muscular. Essa briga, naturalmente, provocou outras, em bares e festas de verão, mas que se passaram longe de seus olhos e que ela ouvia contar na praia. Muitas brigas provocou ela, com seu maiô azul e a sua infantil tagarelice, mas nunca ninguém poderia dizer que tivesse recusado um novo fã, desses que conhecem um da roda e depois, astuciosamente, se aboletam e passam a ser o preferido de duas semanas. E todos sempre adorando o garotinho, achando-o uma beleza, jogando-o para cima, coisa que o apavorava e fazia sempre correr para longe. Ela se zangava levemente, mas acabava rindo com as cócegas que lhe faziam os rapazes, com os tapas que levava. Comia o menino de beijos e depois se estirava voluptuosamente, centro de uma rosa de olhares que não disfarçavam o objetivo. Houve um dia em que um, meio de pileque, chegou a dar-lhe uma mordida na perna. Ela zangou-se de verdade, pegou o filhinho e foi para casa. Deixou atrás um ruído de vozes masculinas se interpelando com ar de briga. Ficou-lhe uma semana uma marca roxa em meia-lua, pouco acima do joelho.

Um dia, quase no fim do verão, estava ela, como sempre, com seu grupo a contar um baile a que tinha ido na noite anterior, maravilha de riqueza e bom gosto. O menino brincava junto às ondas, e os rapazes debruçavam-se todos, em atitudes elásticas, sobre o seu jovem corpo estirado, ouvindo-a tagarelar. Pois imaginassem: tinha sido servido um jantar americano, e cada convidado trouxera uma garrafa de uísque, e às dez horas apagaram todas as luzes do terraço para aproveitar a claridade do luar: tinha havido tanto pileque e se via cada coisa de espantar, puxa, menino! cada beijo em plena sala! como ela não via desde as festas de Carnaval...

Eram quase duas horas e a praia estava completamente deserta. Só a barraca colorida alegrava a hora vazia e ensolarada, recortada contra a espuma forte das ondas e o azul vivo do céu. Ela contava sua festa aos rapazes, inteiramente embebida nas recordações da noite. Foi quando chegou um pretinho correndo:

— Moça, aquele menino não é da senhora?

Ela sentou-se:

— É sim. Por quê?

O pretinho apontou:

— O mar levou ele.

Os rapazes se precipitaram todos e se jogaram n'água.

Ela saiu atrás, numa corridinha frágil, os braços meio içados numa atitude infantil de pânico. As ondas enormes alteavam-se longe e se abatiam em estampidos de espuma até a praia. Depois refluíam.

Em vão. O mar levara mesmo o menino.

Os rapazes voltaram, incapazes de lutar contra os vagalhões e temerosos da correnteza.

Afrouxado sobre a areia branca, seu corpo fazia uma graciosa mancha azul.

Agosto de 1944

SENTIDO DA PRIMAVERA

Ao acordar, naquele dia preliminar da Primavera, senti imediatamente que alguma coisa tinha acontecido de muito fundamental na ordem do mundo. Eu, homem de despertar difícil, pulei da cama tão bem-disposto e leve que, por um momento, assustei-me com a sensação indizível que sentia. Ao pegar o copo habitual para a minha água matutina, notei que se achava cheio de uma substância volátil, penetrada de uma linda cor violeta. E não sei por que bebi do copo vazio, estranguladamente, o ar da Primavera, de gosto azul e fragrância fria, com um peso específico de sonho.

Durante alguns minutos nada me aconteceu. Tomei meu café, fumei um cigarro e dei uma olhada nas coisas. Mas de repente senti que em mim a matéria começava a se transformar. Palpitações violentas confrangeram-me o coração e eu mal conseguia respirar. Vi minha filhinha Susana distorcer-se à minha frente como ante um espelho côncavo e logo em seguida penetrou-me um cheiro tão monumental que pensei se me tivesse enlouquecido a imaginação. Era um cheiro de menininha, um cheiro que eu conhecia bem, próprio de minha filha, mistura de talco, suorzinho, lavanda, xixi, sabonete, leite e sono; mas desta vez com uma tal amplitude que eu podia perfeitamente distinguir cada um dos subcheiros da sua composição. No talco, por exemplo, senti um cheiro de polvilho que não o abona, talco tão caro!, e senti também que no leite havia um cheiro de água, o que só vem corroborar a certeza geral de que o leite, nesta cidade do Rio de Janeiro, anda sendo fartamente batizado.

Depois senti milhões de cheiros. Não os descreverei todos para não ferir, com o desagrado de alguns, os ouvidos — diria melhor: os narizes — do leitor mais delicado. Como todo mundo sabe, a praia do Leblon não cheira a rosas — e caiba-me aqui mais uma vez chamar a atenção das autoridades competentes para o crime que é despejarem os esgotos naquelas águas onde se banha o que de mais inocente há no bairro: a criançada rica, remediada e pobre das ruas pavimentadas e da Praia do Pinto. Enfim, estou a fugir do meu assunto, mas valha-me a referência para registrar um cheiro enorme que senti na ocasião: um cheiro de miséria, que só poderia provir da dita Praia do Pinto, lugar, como todo mundo sabe, onde se comprime, em barracões infectos, a mais negra, sórdida e desamparada indigência da zona.

Mas até já ia me esquecendo: senti um cheiro de nazismo, súbito. Ora — direis —, como é esse tal cheiro de nazismo? Reconheço a dificuldade de descrevê-lo em toda a sua complexidade, mas penso que era um cheiro branco, inodoro, perfeitamente ortodoxo, no entanto, com laivos de salsicha, chope e cachorro policial, um cheiro de radiotelegrafia e talvez de cemitério. Não podia, porém, precisar de onde ele vinha, querendo me parecer, sem haver nisso qualquer insinuação, que chegava da rua Visconde de Pirajá, possivelmente, de algum café ou bar, desses onde se reúnem os nazistas conhecidos e desconhecidos que continuam a se aporrinhar mutuamente em grupos, pelos bebedouros de importação germânica que ainda existem nesta cidade hospitaleira.

Tudo isso constituía um fenômeno muito curioso. Os cheiros mais estranhos, os mais perversos, os mais doces, os do amor, os da solidão, perseguiam-me como outros tantos espíritos da Primavera. Um cheiro dolorosíssimo de morte chegou-me ao mesmo tempo que um odor de nascimento. Soube que alguém morria e nascia naquele instante particular do mundo e senti o cheiro da minha vaidade de me saber dono de um tão grande privilégio. Curioso também: só não conseguia sentir bem, em meio àquela sinfonia de cheiros, o aroma das coisas obviamente cheirosas como as flores e as mulheres em geral. O perfume do mar, por exemplo, eu o sentia em toda a sua frescura, verde, salso, infinito, e também o cheiro da areia que por sua vez cheirava a nuvem. Cheiro horrível era o de uma mosca que naquela ocasião voejava à minha volta: bicho imundo! Tive que fugir para a varanda, onde senti o vigoroso cheiro da madeira dos troncos, um rubicundo cheiro de sol e... ah, esses gatos miseráveis! Um dia ainda passo fogo num!

Ao sentir um cheiro de cachaça pensei comigo que meu amigo... (não, não o desmoralizarei) devia estar por perto: e efetivamente, pouco depois chegava ele com um queijo de minas debaixo do braço, cujo cheiro me deu vertigens. Mas eu acho o cheiro de queijo tão bom (contra, bem sei, a opinião de quase todo mundo, que, estou certo, irá rir de mim) que seria capaz de usá-lo no lenço, quando, naturalmente, não houvesse ninguém por perto. Aliás, poderia usar no lenço também cheiro de graxa ou gasolina, cheiro de torrefação de café ou mesmo cheiro de padaria de madrugada, quando o pão é feito.

Tantos cheiros, tantos... O cheiro do teu riso, minha adorada, de tua boca quente e sem malícia. O cheiro de tua pureza, coisa inefável, parecendo sândalo ou alfazema. O cheiro da tua devoção de cada instante, cheirando a alecrim ou mato verde, o cheiro da tua emoção constante, como o da terra viva molhada de chuva...

E depois senti um cheiro de sobrenatural, um gigantesco cheiro de sobrenatural, um cheiro de éter, um cheiro de cristal transparente em vibração, um cheiro de luz antiga, ainda fria dos eternos espaços por onde passara em seu caminho para a Terra. A Primavera cheirava toda para mim, só para mim, desnudada, a dançar na manhã azul perfeita, embriagante, toda olhos claros e sorrisos, a abrir com beijos de brisa a boca infantil das corolas nascituras. E dentro da Primavera senti um cheiro mágico de Paz.

Novembro de 1944

A MULHER E A SOMBRA

Tentei, um dia, descrever o mistério da aurora marítima.

Às cinco da manhã a angústia se veste de branco
E fica como louca, sentada espiando o mar...

Eu a vira, essa aurora. Não havia cor nem som no mundo. Essa aurora, era a pura ausência. A ânsia de prendê-la, de compreendê-la, desde então me perseguiu. Era o que mais me faltava à Poesia:

E um grande túmulo veio
Se desvendando no mar...

Mas sempre em vão. Quem era ela de tão perfeita, de tão natural e de tão íntima que se me dava inteira e não me via; que me amava, ignorando-me a existência?

És tu, aurora?
Vejo-te nua
Teus olhos cegos
Se abrem, que frio!
Brilham na treva
Teus seios tímidos...

O desespero inútil das soluções... Nunca a verdade extrema daquela falta absoluta de tudo, daquele vácuo de Poesia:

Desfazendo-se em lágrimas azuis
Em mistério nascia a madrugada...

Lembrava uma mulher me olhando do fundo da treva:

Alguém que me espia do fundo da noite
Com olhos imóveis brilhando na noite
Me quer.

E fora essa a única verdade conseguida. A aurora é uma mulher que surge da noite, de qualquer noite — essa treva que adormece os homens e os faz tristes. Só a sua claridade é amiga e reveladora. Ao poeta mais pobre não seria dado desvendá-la em sua humildade extrema. O poeta Carlos, maior, mais simples, a revelaria em sua pulcritude, a aurora que unifica a expressão dos seres, dá a tudo o mesmo silêncio e faz bela a miséria da vida:

Aurora,
entretanto eu te diviso, ainda tímida,
inexperiente das luzes que vais acender
e dos bens que repartirás com todos os homens.
Sob o úmido véu de raivas, queixas e humilhações,
Adivinho-te que sobes, vapor róseo, expulsando a treva
[noturna.
O triste mundo fascista se decompõe ao contato de teus
[dedos,
teus dedos frios, que ainda não se modelaram
mas que avançam na escuridão como um sinal verde e
[peremptório.
Minha fadiga encontrará em ti o seu termo,
minha carne estremece na certeza de tua vinda.
O suor é um óleo suave, as mãos dos sobreviventes se
[enlaçam,
os corpos hirtos adquirem uma fluidez,
uma inocência, um perdão simples e macio...
Havemos de amanhecer. O mundo
se tinge com as tintas da antemanhã

e o sangue que escorre é doce, de tão necessário
para colorir tuas pálidas faces, aurora.

A aurora dos que sofrem, a única aurora. Aquela mesma que eu vira um dia, mas cujo segredo não soubera revelar. Uma mulher que surge da sombra...

Bem haja aquele que envolveu sua poesia da luz piedosa e tímida da aurora!

Janeiro de 1945

CONTO CARIOCA

O rapaz vinha passando num Cadillac novo pela avenida Atlântica. Vinha despreocupado, assoviando um *blue*, os olhos esquecidos no asfalto em retração. A noite era longa, alta e esférica, cheia de uma paz talvez macabra, mas o rapaz nada sentia. Ganhara o bastante na roleta para resolver a despesa do cassino, o que lhe dava essa sensação de comando do homem que paga: porque tratava-se de um "duro", e o automóvel era o carro paterno, obtido depois de uma promessa de fazer força nos estudos. O show estivera agradável e ele flertara com quase todas as mulheres da sua mesa. A lua imobilizava-se no céu, imparticipante, clareando a cabeleira das ondas que rugiam, mas como que em silêncio.

De súbito, em frente ao Lido, uma mulher sentada num banco. Uma mulher de branco, o rosto envolto num véu branco, e tão elegante e bonita, meu Deus, que parecia também, em sua claridade, um luar dormente. O freio de pé agiu quase automaticamente e a borracha deslizou, levando o carro maneiroso até o meio-fio, onde estacou num rincho ousado. Depois ele deu ré, até junto da dama branca.

— Sozinha a essas horas?

Ela não respondeu. Limitou-se a olhar serenamente o rapaz do Cadillac, com seu olhar extraordinariamente fluido, enquanto o vento sul agitava-lhe docemente os cabelos cor de cinza.

— Sabe que é muito perigoso ficar aqui até estas horas, uma mulher tão bonita?

A voz veio de longe, uma voz branca, branca como a mulher, e ao mesmo tempo crestada por um ligeiro sotaque nórdico:

— Perdi a condução... Não sei... é tão difícil arranjar condução...

O rapaz examinou-a já com olhos de cobiça. Que criatura fascinante! Tão branca... Devia ser uma coisa branca, um mar de leite, um amor pálido. Suas pernas tinham uma alvura de marfim e suas mãos pareciam porcelanas brancas. Veio-lhe uma sensação estranha, um arrepio percorreu-lhe todo o corpo e ele se sentiu entregar a um sono triste, onde a volúpia cantava baixinho. Teve um gesto para ela:

— Vem... Eu levo você...

Ela foi. Abriu a porta do carro e sentou-se a seu lado. Fosse porque a madrugada avançasse, a noite se fizera mais fria e, ao tê-la aconchegada — talvez emoção —, o rapaz tiritou. Seus braços eram frios como o mármore e sua boca gelada como éter. Vinha dela um suave perfume de flores que o levou para longe. Ela se deixou, passiva, em seus braços, entregue a um mundo de beijos mansos.

Quando a madrugada rompeu, ele acordou do seu letargo amoroso. A moça branca parecia mais branca ainda, e agora olhava o mar, de onde vinha um vento branco. Ele disse:

— Amor, vou levar você agora.

Ela deu-lhe seus olhos quase inexistentes, de tão claros:

— Em Botafogo, por favor.

Tocou o carro. A aventura dera-lhe um delírio de velocidade. Entrou pelo túnel como um louco e fez, a pedido dela, a curva de General Polidoro num ângulo quase absurdo.

— É aqui — disse ela em voz baixa.

Ele parou. Olhou para ela espantado:

— Por que aqui?

— Eu moro aqui. Venha me ver quando quiser. Muito obrigada por tudo.

E dando-lhe um último longo beijo, frio como o éter, abriu a porta do carro, passou através do portão fechado do cemitério e desapareceu.

Agosto de 1945

MEU DEUS, NÃO SEJA JÁ!

Sim, cidadãos, esta primeira crônica que vos mando da minha pequena casa fria de 635 North Saint-Andrews, Hollywood, é uma declaração de amor à pátria. Se eu tiver que morrer, como disse o poeta, meu Deus, não seja já. Antes gostaria de rever tanta coisa, tanta coisa que aí gorjeia diferente. O azul do céu de maio, por exemplo, prisioneiro dos edifícios da rua Araújo Porto Alegre, eu sentado nas rubras cadeiras de palha do Café Vermelhinho, traçando a minha Brahma Extra, com um desejo vago de evasão. Não, não seja já. Quero ouvir cantar ainda Lúcio Rangel, nos grandes sambas de Noel, e Ismael Silva nos sambas dele próprio. Quero me locomover dificilmente, quero ir de oito em pé examinando o colo das mulheres sentadas, antipatizando com o trocador; ou então de lotação, apanhado quase a pescoção ali no princípio da avenida. Se eu tiver que morrer agora, juro, vou com um gosto de fel para o sepulcro. Hollywood é bonito, não há dúvida, mas não tem essas estrelas flores vida amores.

As estrelas aqui brilham vazias, num céu perfeitamente deslumbrado. Claro que aí nunca me teria sido possível ficar de joelho mole à vista de Marlene, entrando ofídica no Ciro's, e tê-la por duas horas ombro a ombro, sentindo-lhe o perfume dos cabelos: namorava com outro, mas que importa? Claro que aí eu não poderia dar familiarmente adeus a Ann Sheridan, telefonar para minha amiga Margo, dançar com Lynn Bari, nem ouvir Fritz Lang contar seus filmes. Mas botante, tirante, que vale isso comparado com as nossas menininhas? Ó meninas em flor da pátria minha, que amores não sois vós! Gaveanas discretas; Leblonenses e Ipanemenses bicicletantes; Copacabanenses louras e salgadas; Botafoguenses familiais, de olhos íntimos; Cateteanas e Flamengas futingueiras, eternas pensionistas; Laranjeirenses calmas e bucólicas; moças da Glória, que nunca se sabe; jovens citadinas, funcionárias de caixas e pensões, arquivistas, secretárias, datilógrafas, a encher os cafés das duas horas para a média com canoa torrada, para a gemada, para o mingau (meu Deus, o mingau! inclusive um que tem uma camada de chocolate por cima e dorme dias nas vitrinas dos botecos!), para o *malted milk* (que aqui é bem melhor, entre parênteses), para a canjiquinha. E as grandes, bovaryanas bem-amadas, as grandes bem-amadas da Tijuca! Não há dúvida, nisso tudo entra muito de lirismo — mas não é o lirismo a expressão indizível da beleza?

E assim foi, assim é, assim será. Por isso eu peço sempre, eu peço muito: meu Deus, não seja já! Quero ainda ouvir cantar Araci de Almeida e, fora do rádio, minha cara amiga Mariinha, em fados tropicais, quando de noite, no Alcazar, ela se disputa em beleza com a lua de Copacabana. Eu não nego que gosto muito de viajar, e que depois de algum tempo começo a achar isso aí bastante pau. Mas, daqui do Pacífico, mesmo o que é pau dá flor aí no Atlântico, nessas pudendas praias da Niemeyer onde eu fui tantas vezes namorado.

Sim, não há dúvida: são saudades da pátria, e sobretudo do que na pátria é pobre e diferente. Aqui mulher é dízima infinita, todas louras, lindas e dentifrícias. Nunca verás moringa na janela; pano de mesa antigo; quadradinhos de jornal no prego da parede da "casinha"; empregada no portão; moça de rua transversal de olhar frustrado; bica sem água (isso é *handicap*!); açougue aceso de madrugada; bidé; cachorro vira-lata; flores de papel no fio elétrico; casais de crioulos a namorar no escuro em geniais posturas; meninas da Escola Amaro Cavalcanti; espetaculares saltadores de bonde andando; aquele chá noturno de família burguesa, com um galo de flanela cobrindo o bule; o *footing* em redor do coreto da praça; a redação do jornal, tão democrática; o bom cafajeste carioca de sola alta e *gomina* no cabelo; o abandono geral à humana vida, o abandono geral...

Não, meu Deus, se eu tiver que morrer, espera um pouco. Quero rever também outras colinas, com miséria talvez — quanta miséria! — mas com um manso perdão para a cidade. Quero rever também outras meninas, outras crianças, outras *cucarachas*: a nossa também tem muito mais bossa. Quero rever Governador, a ilha! que minha amiga Rachel de Queiroz pensa que é dela, mas não se engane, é nossa. Quero repalmilhar a praia de Cocotá, onde dez anos fui feliz. E rever Lopes Quintas, dona Mariana, Bambina, Campos de Carvalho, Ataulfo de Paiva, todos esses senhores e senhoras, e Acácias, rua minha! — e a praia de Ipanema e aquele apartamento nem tão pequenino, onde o nosso amor nasceu, ai!

Não, me dá, por favor, dois ou três anos — meu Deus, não seja já!

Dezembro de 1946

LIBELO

De que mais precisa um homem senão de um pedaço de
mar — e um barco com o nome da amiga, e uma linha e
um anzol pra pescar?

E enquanto pescando, enquanto esperando, de que mais
precisa um homem senão de suas mãos, uma pro caniço,
outra pro queixo, que é pra ele poder se perder no infinito,
e uma garrafa de cachaça pra puxar tristeza, e um pouco de
pensamento pra pensar até se perder no infinito...

*— Mas o mar está preso em correntes, e é preciso por ele
lutar!*

De que mais precisa um homem senão de um pedaço
de terra — um pedaço bem verde de terra — e uma casa,
não grande, branquinha, com uma horta e um modesto po-
mar; e um jardim — que um jardim é importante — carre-
gado de flor de cheirar?

E enquanto morando, enquanto esperando, de que mais
precisa um homem senão de suas mãos pra mexer na terra
e arranhar uns acordes no violão quando a noite se faz de
luar, e uma garrafa de uísque pra puxar mistério, que casa
sem mistério não vale morar...

— Mas a terra foi escravizada, e é preciso por ela lutar!

De que mais precisa um homem senão de um amigo pra
ele gostar, um amigo bem seco, bem simples, desses que
nem precisa falar — basta olhar —, um desses que desme-
reça um pouco da amizade, de um amigo pra paz e pra briga, um amigo de casa e de bar?

E enquanto passando, enquanto esperando, de que mais precisa um homem senão de suas mãos para apertar as mãos do amigo depois das ausências, e pra bater nas costas do amigo, e pra discutir com o amigo e pra servir bebida à vontade ao amigo?

— Mas o amigo foi ludibriado, e é preciso por ele lutar!

De que mais precisa um homem senão de uma mulher pra ele amar, uma mulher com dois seios e um ventre, e uma certa expressão singular? E enquanto passando, enquanto esperando, de que mais precisa um homem senão de um carinho de mulher quando a tristeza o derruba, ou o desatino o carrega em sua onda sem rumo?

Sim, de que mais precisa um homem senão de suas mãos e da mulher — as únicas coisas livres que lhe restam para lutar pelo mar, pela terra, pelo amigo...

Abril de 1950

ARMA SECRETA

A notícia dada por um vespertino de que dez mil pintinhos de raça estavam sendo eletrocutados por ordem da Inspetoria Sanitária Animal do Ministério da Agricultura, por estarem contaminados de perigoso mal, foi recebida com a maior indignação por todos os galinheiros livres da cidade. O terrível morticínio, que nem de longe se compara a outros de memória recente, como as chacinas de Guernica, Lídice e Ouradour — sem falar nos seis milhões de judeus torturados e assassinados pelos nazistas —, causou, no entanto, grande mal-estar no seio da família galinácea do Brasil, sobretudo por serem as vítimas pobres crianças indefesas.

Como é sabido, cinco mil pintinhos já haviam sido sacrificados até sábado último, devendo os outros enfrentar o poleiro elétrico nos dias a seguir. Quer dizer: por essas horas o pintalhame todo já deve ter encontrado o seu Criador e não é difícil, com um pouco de imaginação, ver os bichinhos a piar tristemente pelas verdes e enevoadas pastagens do céu das galinhas, na saudade de seus inconsoláveis.

De posse da notícia, andou o cronista percorrendo vários galinheiros da cidade, encontrando por toda parte um ambiente misto de desolação e revolta, principalmente entre os galináceos prisioneiros, a cujas gaiolas e samburás teve acesso graças a uma permissão dificilmente conseguida com o Fomento da Produção Animal.

— É uma barbaridade! — disse um garnisé de pés atados. — Se eu conseguir sair daqui eles vão ver comigo!

— E eu que tinha vários sobrinhos lá... — soluçou uma Rhode Island rolando dolorosamente os olhos cheios de lágrimas.

— Não se importe não, minha filha — retrucou uma galinha de pescoço pelado, que se fazia notar por um certo ar subversivo. — A coisa está por pouco. O *revertere* vem aí!

— Qual! — cacarejou uma bela legorne. — Você ainda acredita em justiça? Pois bem: eu, minha filha, quero é me divertir. Assim que sair daqui, você vai ver só o galinheiro grã-fino que eu vou pegar. É preciso é aparência... Que é que adianta lutar? Eles são mesmo os mais fortes... Eu não, eu vou é com jeitinho...

— Galinha! — cacarejou-lhe de volta um pedrês.

Diante do quê, resolveu o cronista bater em retirada, mal habituado que está a um certo cacarejo mais vulgar. Mas a visita a alguns galinheiros particulares, onde o regime de iniciativa privada é evidente, e a outros em franco processo de socialização, produziu efeito idêntico.

— Soube que morreram como heróis! — disse um galinho carijó. — Apesar de crianças, enfrentaram a morte com a bravura característica da raça! Estamos providenciando uma reunião no sentido de erguer-lhes um monumento que perdure como o símbolo da nossa revolta. Pobres pintinhos...

E assim foi em todos os galinheiros. Num último, por sinal localizado no quintal de uma parenta nossa, tivemos oportunidade de falar com um líder da raça. O encontro foi cercado das maiores precauções, mas nos foram feitas revelações que não podemos deixar de transmitir aos leitores, embora sem citar o santo, ou melhor, o galo. Disse-nos o circunspecto bípede:

— Trata-se de um ato de desespero, um ato de medo, meu caro plumitivo. Eles não sabem, no entanto, que a coisa está muito mais avançada do que eles pensam. As condições mudaram. O senhor não vê, por exemplo, essa galinha que apareceu em Rondonlândia, em Goiás, e que põe ovos brancos e azuis através de dois sistemas de fecundação e postura independentes? Isso é uma arma com que eles não contam. No fundo, ficam atribuindo mais esse fenômeno à bomba atômica, mas se enganam redondamente... Para nós, isso é pinto!

Novembro de 1952

BATIZADO NA PENHA

Eu sou um sujeito que, modéstia à parte, sempre deu sorte aos outros (viva, minha avozinha diria: "Meu filho, enquanto você viver não faltará quem o elogie..."). Menina que me namorava casava logo. Amigo que estudava comigo acabava primeiro da turma. Sem embargo, há duas coisas com relação às quais sinto que exerço um certo pé-frio: viagem de avião e esse negócio de ser padrinho. No primeiro caso o assunto pode ser considerado controverso, de vez que, num terrível desastre de avião que tive, saí perfeitamente ileso, e numa pane subsequente, em companhia de Alex Viany, Luís Alípio de Barros e Alberto Cavalcanti, nosso *Beechcraft*, enguiçado em seus dois únicos motores, conseguiu no entanto pegar um campinho interditado em Canavieiras, na Bahia, onde pousou galhardamente, para gáudio de todos, exceto Cavalcanti, que dormia como um justo.

Mas no segundo caso é batata. Afilhado meu morre em boas condições, em período que varia de um mês a dois anos. Embora não seja supersticioso, o meu coeficiente de afilhados mortos é meio velhaco, o que me faz hoje em dia declinar delicadamente da honra, quando se apresenta o caso. O que me faz pensar naquela vez em que fui batizar meu último afilhado na igreja da Penha, há coisa de uns vinte anos.

Éramos umas cinco ou seis pessoas, todos parentes, e subimos em boa forma os trezentos e não sei mais quantos degraus da igrejinha, eu meio cético com relação à minha nova investidura, mas no fundo tentando me convencer de que a morte de meus dois afilhados anteriores fora mera obra do acaso. Conosco ia Leonor, uma pretinha de uns cinco anos, cria da casa de meus avós paternos.

Leonor era como um brinquedo para nós da família. Pintávamos com ela e a adorávamos, pois era danada de bonitinha, com as trancinhas espetadas e os dentinhos muito brancos no rosto feliz. Para mim Leonor exercia uma função que considero básica e pela qual lhe pagava quatrocentos réis, dos grandes, de cada vez: coçar-me as costas e os pés. Sim, para mim cosquinha nas costas e nos pés vem praticamente em terceiro lugar, logo depois dos prazeres da boa mesa; e se algum dia me virem atropelado na rua, sofrendo dores, que haja uma alma caridosa para me coçar os pés e eu morrerei contente.

Mas voltando à Penha: uma vez findo o batizado, saímos para o sol claro e nos dispusemos a efetuar a longa descida de volta. A Penha, como é sabido, tem uma extensa e suave rampa de degraus curtos que cobrem a maior parte do trajeto, ao fim da qual segue-se um lance abrupto. Vínhamos com cuidado ao lado do pai com a criança ao colo, o olho baixo para evitar alguma queda. Mas não Leonor! Leonor vinha brincando como um diabrete que era, pulando os degraus de dois em dois, a fazer travessuras contra as quais nós inutilmente a advertimos.

Foi dito e feito. Com a brincadeira de pular os degraus de dois em dois, Leonor ganhou *momentum* e quando se viu ela os estava pulando de três em três, de quatro em quatro e de cinco em cinco. E lá se foi a pretinha Penha abaixo, os braços em pânico, lutando para manter o equilíbrio e a gritar como uma possessa.

Nós nos deixamos estar, brancos. Ela ia morrer, não tinha dúvida. Se rolasse, ia ser um trambolhão só por ali abaixo até o lance abrupto, e pronto. Se conseguisse se manter, o mínimo que lhe poderia acontecer seria levantar voo quando chegasse ao tal lance, considerada a velocidade em que descia. E lá ia ela, seus gritos se distanciando mais e mais, os bracinhos se agitando no ar em sua incontrolável carreira pela longa rampa luminosa.

Salvou-a um herói que quase no fim do primeiro lance pôs-se em sua frente, rolando um para cada lado. Não houve senão pequenas escoriações. Nós a sacudíamos muito, para tirá-la do trauma nervoso em que a deixara o tremendo susto passado. De pretinha, Leonor ficara cinzenta. Seus dentinhos batiam incrivelmente e seus olhos pareciam duas bolas brancas no negro do rosto. Quando conseguiu falar, a única coisa que sabia repetir era: "Virge Nossa Senhora! Virge Nossa Senhora!".

Foi o último milagre da Penha de que tive notícia.

Novembro de 1952

O EXERCÍCIO DA CRÔNICA

O cronista trabalha com um instrumento de grande divulgação, influência e prestígio, que é a palavra impressa. Um jornal, por menos que seja, é um veículo de ideias que são lidas, meditadas e observadas por uma determinada corrente de pensamento formada à sua volta.

Um jornal é um pouco como um organismo humano. Se o editorial é o cérebro; os tópicos e notícias, as artérias e veias; as reportagens, os pulmões; o artigo de fundo, o fígado; e as seções, o aparelho digestivo — a crônica é o seu coração. A crônica é matéria tácita de leitura, que desafoga o leitor da tensão do jornal e lhe estimula um pouco a função do sonho e uma certa disponibilidade dentro de um cotidiano quase sempre "muito tido, muito visto, muito conhecido", como diria o poeta Rimbaud.

Daí a seriedade do ofício do cronista e a frequência com que ele, sob a pressão de sua tirania diária, aplica-lhe balões de oxigênio. Os melhores cronistas do mundo, que foram os do século XVIII, na Inglaterra — os chamados *essayists* —, praticaram o *essay*, isto de onde viria a sair a crônica moderna, com um zelo artesanal tão proficiente quanto o de um bom carpinteiro ou relojoeiro. Libertados da noção exclusivamente moral do primitivo *essay*, os oitocentistas ingleses deram à crônica suas primeiras lições de liberdade, casualidade e lirismo, sem perda do valor formal e da objetividade. Addison, Steele, Goldsmith e sobretudo Hazlitt e Lamb — estes os dois maiores — fizeram da crônica, como um bom mestre carpinteiro o faria com uma cadeira, um objeto leve mas sólido, sentável por pessoas gordas ou magras.

Do último, a crônica "O convalescente" serviria bem para ilustrar o estado de espírito maníaco-lírico-depressivo do cronista de hoje, inteiramente entregue ao egoísmo de sua doença e à constante consideração de sua pessoinha, isolado no seu mundo de cortinas corridas, a lamber complacentemente as próprias feridas diante de um espelho pessimista.

Num mundo doente a lutar pela saúde, o cronista não se pode comprazer em ser também ele um doente; em cair na vaguidão dos neurastenizados pelo sofrimento físico; na falta de segurança e objetividade dos enfraquecidos por excessos de cama e carência de exercícios. Sua obrigação é ser leve, nunca vago; íntimo, nunca intimista; claro e preciso, nunca pessimista. Sua crônica é um copo d'água em que todos bebem, e a água há que ser fresca, limpa, luminosa para a satisfação real dos que nela matam a sede.

Num momento em que o grande mal de grande parte do mundo é o entreguismo, a timidez e a franca covardia, o exercício da crônica reticente, da crônica vaga, da crônica temperamental, da crônica ególatra, da crônica *à clef*, da crônica de cartola — é um crime tão grande quanto o de se vender, em época de epidemia, um antibiótico adulterado. A restauração da crônica, no espírito da dignidade com que a praticaram os *essayists* ingleses do século XVIII, deveria constituir matéria de funda meditação por parte de seus cultores no Brasil.

Setembro de 1953

OURO PRETO DE HOJE,
OURO PRETO DE SEMPRE

Estamos em outros tempos, mais amenos. Agosto de 1938: justo um ano antes da Guerra. O ar é tão frio que forma estalactites nas paredes do pulmão e tão fino que um piparote pode fragmentá-lo como ao cristal mais puro. Três amigos sobem a rua São José, que a municipalidade de Ouro Preto chama Tiradentes. Sua missão é a um tempo digna e divertida: debulhar os arquivos da igreja de São Francisco de Assis, à cata de recibos comprovantes de umas tantas obras atribuídas a Antônio Francisco Lisboa, o Aleijadinho. Mas não nessa noite, paralisada num lugar alto e lúcido. Não nessa noite estimulada pelo frio da serra em torno. Não nessa noite povoada de meninas transeuntes e sons de serenatas longínquas. Nessa noite, tudo o que os três amigos querem é beber umas cachaças e confraternizar com uns cachaceiros. Vão à vida, no vigor de menos quinze anos, boêmios mas sem traição no coração para com as amadas distantes. São eles o escritor Rodrigo M. F. de Andrade, o arquiteto José Reis e um poeta com o meu nome, que ainda não praticava a arte da prosa.

Nossos passos batem sonoros no peito liso dos pés de moleque do calçamento, os seixos rolados provavelmente subtraídos ao velho Ribeirão, e acordam à passagem fulgurações contidas no olhar das menininhas. Nossa pinta geral denuncia procedência carioca, embora Rodrigo seja mineiro de quatro costados. Há um brotinho de uns treze anos, a coisa mais meiga que estes olhos jamais viram, que cada vez que cruzamos meneia as pesadas tranças pretas e abre a biquinha de mel dos olhos para mim. A uma curva da rua perdemos José Reis no visgo de uns outros olhos mais maduros, mas não menos lindos. Rodrigo ri a sua inaudível risada adunca e me anuncia com a ligeira dispneia que parece tomá-lo sempre que diz algo de fundamental.

— Querido... que coisa esplêndida!

Eu olho o casario a céu aberto, a Casa dos Contos, a ponte que mira longe, as fachadas das casas da mesma rua lá adiante na curva fechada que ela faz... — tudo tão calmo, tão adormecido de luar, apesar do vaivém das menininhas, na verdade mais vem do que vai...

E aí está ela de novo, olha que gracinha, as tranças pretas pousadas sobre os ombros infantis, a me pedir que fale com ela, mas ela é tão criança! escuta, meu anjo, posso conversar só um tiquinho com você, posso, como é seu nome?

— Marília? Não é possível!

Vou consultar Rodrigo. Assim é de deixar o sujeito sem graça. Parece coisa preparada, mau teatro...

Há acordes de violão lá para os lados da rua Direita. Pedimos aos seresteiros que nos toquem "Saudades de Ouro Preto".

La-la-lariii... la-la-rii.
La-ri... la-la-la-la-rii... la-la-ri-rão...

Marília olha grave, extremamente consciente do seu papel de primeira anfitriã e namorada do rapaz do Rio. Mais tarde, partidos os seresteiros, Marília dá-me a mão e deixa-a assim pousada por um momento no adeus breve. Ela entreabre o biquinho para me pipilar boa-noite e seu papinho bate um pouco mais agitado:

— Boa noite, Marília...

O encontro com os boêmios dá-se no Hotel Toffolo, para a ceia de despedida. Terminado é o trabalho de pesquisa. Tardes laboriosas, a verificar papel por papel nas imensas gavetas das enormes cômodas de jacarandá da sacristia de

São Francisco. Também, não haverá mais dúvida sobre a identidade de uns poucos trabalhos do grande escultor, feitos na mais linda das igrejas mineiras — e eu vos peço perdão, ó igrejinha de Nossa Senhora do Ó, de Sabará.

Formou-se uma amizade entre o grupo do Rio e a turma local. O mineiro Rodrigo, a cavaleiro da investidura de chefe do Serviço do Patrimônio Histórico e Artístico Nacional, sente-se bem nessa confusão de Rio e Minas. Zé Badu, figura insigne de violeiro, cantador e contador de velórios (... "e aí então, pelas quatro da madrugada, quando o defunto tava já frio e as garrafas bem vazias, nós trunfemo a viúva"), é nossa companhia mais constante. Com ele aprendemos a trançar pinga com cerveja ("... a gente nem sente, uma vai escorregando na outra, sabe como é..."). Vez por outra, ele faz uma piada com o Rio para cutucar este carioca. Este carioca retruca, mas é tudo à base da camaradagem espontânea e sincera. Há bons antecedentes para essa amizade: a famosa peregrinação feita por Afonso Arinos de Melo Franco (o sobrinho, historiador e atual deputado) e o "poesculápio" Pedro Nava, hoje profissional da maior austeridade, de que resultou o delicioso *Roteiro lírico de Ouro Preto*, escrito pelo primeiro com ilustrações do segundo.

Nos fundos do café, uma impressionante mesa nos aguarda, coberta de coisas pantagruélicas. Há um enorme leitão, na meditativa atitude dos leitões assados. Há incontáveis garrafas. Há os então jovens Carlos Flexa Ribeiro e Wladimir Alves de Souza, recém-chegados e aderentes. Há o violão de Zé Badu, e o cantador não desgruda dele, misturando acordes com garfadas e canções. O ambiente é da maior "altitude". Dentro em breve, temperado o pinho, Zé Badu me anuncia que vai tirar uma quadrinha para mim. E tira mesmo. Mexendo comigo por eu ser carioca.

Eu nunca havia participado de um desafio, mas a "pressão" e a quantidade de comensais expectantes me estimularam. Saquei uma quadrinha de volta, bulindo com Minas.

A turma começou a animar, nos espicaçando. E assim fomos, entre quadrinhas e goladas, num crescendo de ofensas que, de regionais, passaram a familiais. A mãe comercial de todos serviu profusamente de rima ao país natal. Talvez por um pouquinho mais sóbrio, eu comecei a levar a melhor sobre Zé Badu: e ele que me perdoe dizer isso, pois não há de minha parte a menor veleidade de me comparar a ele na arte do improviso. Foi questão de hora. O que eu sei é que ele no final embatucou, e eu ainda descarreguei-lhe em cima umas três quadrinhas em seguida, como golpe de misericórdia — o coitado sem se poder libertar do nó poético em que se embaraçara.

Aí ele parou de tocar e abaixou a cabeça, evidentemente ferido. Depois nos olhou, a Rodrigo e a mim, por um momento, como a considerar algo da maior importância. Feito o quê, sacou de um revólver e descarregou toda a sua carga para o ar, sacudindo o braço em tiros de raiva. Pânico não houve. Mas a festa terminou ali.

Na rua, já acalmado, Zé Badu me explicou que só não me atirara em cima porque eu era do peito.

Agora te revejo, Ouro Preto, quinze anos e dez quilos depois. Não mudaste. De novo, tens o hotel que te legou Oscar Niemeyer, bem integrado na paisagem colonial, em suas cores de azul, branco e chocolate — musical em sua rampa fugada e seus pilotis a repetir a mesma nota na pauta arquitetônica. Impuseram-te umas poucas construções velhacas no estilo chamado neocolonial.

Um horror. Mas lá está a tua igreja de São Francisco, risco do Aleijadinho, com os dois lindos medalhões no frontão da porta principal, obra também do genial mulato; e no interior o adorável painel do teto de Manuel da Costa Ataíde, em seus delicados azuis e rosas que acabam por deixar um torcicolo no visitante. Isso que Carlos Drummond de

Andrade chamou, numa maravilhosa articulação poética de vogais, "a rósea nave triunfal".

"Uma cidade que não mudou", disse dela o poeta Manuel Bandeira, que não contente de estudar-lhe a história, na narrativa que abre seu mais saboroso livro de prosa, as *Crônicas da província do Brasil*, dedicou-lhe todo um precioso guia (hoje um item de bibliófilo, com excelente versão francesa de Michel Simon).

Bom te passear, Ouro Preto. Bom te usufruir, como o fizeram Afonso Arinos e Pedro Nava, à base da disponibilidade, recolhendo a secreta poesia que se desprende do teu desenho ao sol e do teu noturno recolhimento. Bom fazer a peregrinação de tuas igrejas: a matriz de Antônio Dias, as Mercês de Baixo e de Cima, a da Senhora dos Pretos, a de São José, a de São Francisco de Paula — cheias de coisas belas: púlpitos, altares, paramentos, imagens, balaustradas, azulejos, claustros, cômodas e armários de jacarandá. Bom ver tuas capelas, tuas fontes, teus sobrados senhoriais de cujas sacadas pendem, nas festas religiosas, belos chalés a compor a figura goyesca de severas matronas. Bom sentir tua ardente circunspecção noturna, traída por vultos de namorados unidos no escuro das vielas e cantos transeuntes de estudantes melancolizados. Bom sair à toa respirando o ar gelado, com o sentimento da saúde do corpo perturbado pela boemia do espírito. Bom parar a cada ladeira para adorar cada pequeno detalhe, uma grade, um ferrolho, um postigo, um corrimão, um lance de escada, um velho telhado, uma pátina louca num muro branco, dessas que fariam o fotógrafo Cartier-Bresson viajar continentes.

Bom sentir a presença de teus vultos, a ilustrar com seus nomes a imagem de ruas, casas, pontes, logradouros, fontes: Tiradentes, Marília, o Aleijadinho... Sim, na cidade colonial que dorme, dormem eles, na unidade de suas cinzas e seus ossos, na grande paz mortuária que envolve Vila Rica e fez Carlos Drummond dizer:

Sobre o tempo, sobre a taipa,
a chuva escorre. As paredes
que viram morrer os homens
[...]
já não veem. Também morrem.

Maio de 1953

PRAIA DO PINTO

Há uma praia dentro de outra praia. Uma é a praia do Leblon, e a outra não é praia — é Praia do Pinto. Há uma praia dentro de outra praia, uma onde vem bater, verde-azul, a onda oceânica, e outra onde vai desaguar o Rio escuro, em sua mais sórdida miséria.

Há uma praia dentro de uma praia. Ah, brinquemos de falar bobagem, brinquemos de inventar cirandas, porque a verdade é que há realmente uma praia dentro de outra, uma praia de fome, sujeira e lama, e ela se chama Praia do Pinto. Fica no Leblon, como um imundo quintal raso de apartamentos de arrogante gabarito. Não há nessa praia areia branca, barracas coloridas e coxas morenas absorvendo ultravioleta. Nessa praia que não é praia, é favela, há, isso sim, barracões de lama e zinco cheirando a imundície; há a Sífilis dormindo com a Tuberculose, no chão úmido da terra; há um enxame de Disenteriazinhas engatinhando no lodo, um mundo de Verminosezinhas patinhando nos próprios excrementos, e há Descalcificações e Reumatismos Deformantes muito velhos, pitando solitariamente na noite fétida em torno.

São centenas de casebres sórdidos, a abrigar milhares de seres humanos, cuja única diferença de mim é a pele negra, negra talvez para esconder melhor o próprio sofrimento na treva povoada de moléstia, molejo de mulher e música malemolente. São milhares de dentes brancos a iluminar a noite espessa de samba, álcool e luxúria, enquanto, em torno, as criancinhas morrem, os meninos lutam no aprendizado necessário da valentia e os macróbios da resistente e dura vida negra se imobilizam como estátuas invisíveis, no pensamento de antigos deuses nunca esquecidos.

É a Praia do Pinto, praia da pinimba, praia da porcaria. São negrinhas de ventre pontudo, levando, apenas púberes, os frutos da ignorância e do ócio dos homens. São negras a carregar não ânforas gregas, mas latas d'água para o cotidiano patético. São negros esgalgos, de camisa de malandro, a se experimentarem em passos de capoeira. São dois malandros de siso grave a se encontrarem, no enflorescer de uma aurora cor de seio, para disputar, a faca ou a navalha, o abandono de uma mulata com pele de *dá* e o olhar de *vem*. É o golpe rápido, o estertor surdo, o ventre vomitando as vísceras de uma só vez.

É música. Música de violões se contrapontando. Música de batucada na tendinha; música de Ogum no terreiro. Às vezes, a voz estelar das pastoras, enredando em fios cristalinos a trama de um samba de enredo ou de uma marcha de sua escola.

Adiante, os apartamentos miram o mar, o mar que por vezes ruge e se precipita, demagógico, como a querer varrer do bairro a miséria da favela inelutável. Atrás é a lagoa serena, rodeada de casas brancas, gordas e espapaçadas.

No meio é a Praia do Pinto, a Praia do Pinto, a Praia do Pinto!

Maio de 1953

DO AMOR À PÁTRIA

São doces os caminhos que levam de volta à pátria. Não à pátria amada de verdes mares bravios, a mirar em berço esplêndido o esplendor do Cruzeiro do Sul; mas a uma outra mais íntima, pacífica e habitual — uma cuja terra se comeu em criança, uma onde se foi menino ansioso por crescer, uma onde se cresceu em sofrimentos e esperanças plantando canções, amores e filhos ao sabor das estações.

Sim, são doces as rotas que reconduzem o homem a sua pátria, e tão mais doces quanto mais ele teve, viu e conheceu outras pátrias de outros homens. Assim eu, ausente pela segunda vez de uma ausência de muitos anos quando, dentro da noite a bordo, os dedos a revirar o dial do ondas curtas, aguardava o primeiro balbucio de minha pátria como um pai à espera da primeira palavra do seu filho. O coração batia-me como batera um dia, à poesia sonhada, ou como uma outra vez, diante de uns olhos de mulher.

— O senhor tem certeza de que isso é mesmo um ondas curtas?

O camareiro norueguês, grande e tranquilo, limitou-se a sorrir misteriosamente. Depois, humano, inclinou-se sobre o aparelho, o ouvido atento, e pôs-se a tentar por sua vez. As ondas sonoras iam e vinham verrumando a minha angústia.

Onde estava ela, a minha pátria que não vinha falar comigo ali dentro do mar escuro?

E de repente foi uma voz que mal se distinguia, balbuciando bolhas de éter, mas pensei no meio delas distinguir um nome: o nome de Iracema. Não tinha certeza, mas pareceu-me ouvir o nome de Iracema entre os estertores espásmicos do aparelho receptor.

Deus do Céu! Seria mesmo o nome de Iracema?

Era sim, porque logo depois chegou a afirmar-se, mas quase imperceptível, como se pronunciado por um gnomo montado em minha orelha. Era o nome de Iracema, da Rádio Iracema, de Fortaleza, a emissora dos lábios de mel, que sai mar afora, enfrentando os espaços oceânicos varridos de vento para trazer a um homem saudoso o primeiro gosto de sua pátria.

Adorável prefixo noturno, nunca te esquecerei! Foste mais uma vez essa coisa primeira tão única como o primeiro amigo, a primeira namorada, o primeiro poema. E a ti eu direi: é possível que o padre Vieira esteja certo ao dizer que a ausência é, depois da morte, a maior causa da morte do amor. Mas não do amor à terra onde se cresceu e se plantou raízes, à terra a cuja imagem e semelhança se foi feito e onde um dia, num pequeno lote, se espera poder nunca mais esperar.

Agosto de 1953

SEU "AFREDO"

Seu Afredo (ele sempre subtraía o *l* do nome, ao se apresentar com uma ligeira curvatura: "Afredo Paiva, um seu criado...") tornou-se inesquecível à minha infância porque tratava-se muito mais de um linguista que de um encerador. Como encerador, não ia muito lá das pernas. Lembro-me que, sempre depois de seu trabalho, minha mãe ficava passeando pela sala com uma flanelinha debaixo de cada pé, para melhorar o lustro. Mas, como linguista, cultor do vernáculo e aplicador de sutilezas gramaticais, seu Afredo estava sozinho.

Tratava-se de um mulato quarentão, ultrarrespeitador, mas em quem a preocupação linguística perturbava às vezes a colocação pronominal. Um dia, numa fila de ônibus, minha mãe ficou ligeiramente ressabiada quando seu Afredo, casualmente de passagem, parou junto a ela e perguntou-lhe à queima-roupa, na segunda do singular:

— Onde *vais* assim tão elegante?

Nós lhe dávamos uma bruta corda. Ele falava horas a fio, no ritmo do trabalho, fazendo os mais deliciosos pedantismos que já me foi dado ouvir. Uma vez, minha mãe, em meio à lide caseira, queixou-se do fatigante ramerrão do trabalho doméstico. Seu Afredo virou-se para ela e disse:

— Dona Lídia, o que a senhora precisa fazer é ir a um médico e tomar a sua *quilometragem*. Diz que é muito *bão*.

De outra feita, minha tia Graziela, recém-chegada de fora, cantarolava ao piano enquanto seu Afredo, acocorado perto dela, esfregava cera no soalho. Seu Afredo nunca tinha visto minha tia mais gorda. Pois bem: chegou-se a ela e perguntou-lhe:

— Cantas?

Minha tia, meio surpresa, respondeu com um riso amarelo:

— É, canto às vezes, de brincadeira...

Mas, um tanto formalizada, foi queixar-se a minha mãe, que lhe explicou o temperamento do nosso encerador:

— Não, ele é assim mesmo. Isso não é falta de respeito, não. É excesso de... gramática.

Conta ela que seu Afredo, mal viu minha tia sair, chegou-se a ela com ar disfarçado e falou:

— Olhe aqui, dona Lídia, não leve a mal, mas essa menina, sua irmã, se ela pensa que pode cantar no rádio com essa voz, 'tá redondamente enganada. Nem em programa de calouro!

E, a seguir, ponderou:

— Agora, piano é diferente. Pianista ela é!

E acrescentou:

— *Eximinista* pianista!

Setembro de 1953

APELIDOS

O gênio do apelido é virtude brasileira, diria quase carioca. Não conheço, em outros povos, uma tal espontaneidade na caracterização de tipos através de apelidos. Aqui no Rio, então, se o sujeito não tiver sido muito benfeitinho, a régua e compasso, dificilmente o seu defeito ou modo peculiar de ser passará despercebido ao olho do carioca. Aliás, também não adianta muita perfeição, haja vista o excesso de linha daquele indivíduo sempre ultraengomado, que lhe valeu para sempre o apelido de Carretel.

Há entre nós homens e mulheres com apelidos absolutamente notáveis. Não vou, é claro, revelar a identidade de seus portadores, muitos dos quais não conheço, porque em geral apelidos desse gênero obedecem a uma crítica um tanto cruel, a uma caricatura em palavras de defeitos ou peculiaridades. Chamar gente de nariz chato de Nariz na Vidraça pode ser muito engraçado, mas não para o possuidor do dito, seus parentes e amigos mais íntimos. Aquele rapaz, por exemplo, que cresceu demais e ficou lá em cima, com um rosto glabro e infantil, é para todos os efeitos Menino Desce do Muro. Apelido cruel, convenhamos. Aliás, para caracterizar homens altos com um certo ar oligofrênico, há outros apelidos bastante bons: Espanador da Lua, Jóquei de Elefante, Água-Furtada. Sujeito alto, de pescoço comprido, já se sabe: é Garrafa. Há um homem magro, moreno e triste, conhecido meu, que tem o apelido de Pavio. Um outro, esquelético e muito louro, de Batata Palha. Este provavelmente não gostaria de ser identificado.

Minha amiga Danuza Leão não liga a mínima (até gosta!) que a chamem Girafinha, devido ao seu lindo pescocinho espichado. E está certo, o apelido é terno. Mas coisa diferente é ser apelidado Bagaço de Cana ou Unha Encravada, como aconteceu com dois homens públicos, notórios no Brasil pela sua feiura. Ou 1001, pela falta de dois dentes na frente, ou Ovos Nevados, por causa de manchas brancas na pele. Ou Azeitona Triste, devido a uma fisionomia verdoenga, coroada por uma melancólica careca; ou Puxa a Válvula, violento apelido para um homem sujo e de mau hálito, de quem eu fujo como da peste.

Gente chata, essa tem apelidos que se vão tornando clássicos: Bolha, Pereba, Calo, Ferrinho de Dentista, Pingo d'Água, Sapato Apertado, Valha-me Deus. Pode-se apontá-los na via pública; como também àquela vulcânica moça a quem apelidaram Estraga Lares e aquela grande fã de escritores e jornalistas, que ficou conhecida como Gruta da Imprensa; e mais aquela jovem leviana que, por muito pegada, tomou a pecha de Maçaneta; e ainda aquelas outras duas bem vulgares, vampes, que passaram a ser Minhoca de Lajedo e Que Modos São Esses.

Houve um tempo em que havia aqui no Rio três lindas Elzas, excelentes moças, grandes amigas de nosso grupo. A uma, por excesso de "bondade", o carioca Lúcio Rangel apelidou de Elza Pudim Carnal; e o cronista Rubem Braga, que é de Cachoeiro de Itapemirim, mas também um bom carioca, chamou às outras duas Elza Quisera Eu e Elza Simpatia É Quase Amor. A caracterização, como se vê, nada fica a dever à biotipologia.

Chamar moça gostosa, de andar trançado, de Tico-Tico no Fubá não é nada mau. Como também me parece um achado o apelido de Festa na Cumeeira, dado aos rapazes de Copacabana, da geração Coca-Cola, pelo topete que usam na cabeleira. A propósito de penteados, há outros bons como Rabo de Peixe, para negrinhas de cabelos esticados a ferro, ou Rompe-Fronha, para quem tem cabelo cortado rente e espetado.

Gente pernóstica tem merecido, também, apelidos mais

que justos, como aquele crioulo de linguagem rebuscadíssima, a quem chamaram Noite Ilustrada; ou aquele branco do mesmo teor, que ficou conhecido como Bolas de Ouro.

Ninguém escapa nesta desvairada metrópole. Capenga pode eventualmente ser chamado Pneu Furado ou Pé no Visgo. Gente de pele escalavrada, Cocada Preta; mentirosos, Palavra de Honra; pessoas com crânios e orelhas de abano, Feijoada Completa; homens corpulentos e balofos, Bolo Fofo; homossexuais muito altos, Jaca (porque é fruta grande). Sujeitos ricos e pequenininhos, Banana-Ouro; carecas totais, Ponto de Referência. Elegantes desses que usam berloques de ouro e relógios-pulseira, alfinete ou pregador de gravata e anel no minguinho, Árvore de Natal. Tipos albinos, ou muito ruivos, Tijolo ou Pinga-Fogo.

Há um amigo meu a quem apelidaram Mal Necessário. Um bom sujeito. Há um outro, que um dia, nu, foi se olhar no espelho sobre uma penteadeira que tinha uma gaveta aberta e perdeu o equilíbrio (contam seus amigos que o berro que deu foi tremendo!), a quem chamam de Gaveta.

Como se vê, tudo é pretexto para um bom apelido.

Novembro de 1953

ANTÔNIO MARIA

Também chamado familiarmente Maria, Zé Maria, Menino-Grande — Antônio Maria, que eu chamo "o meu Maria", é de longe o melhor do seu nome. Meu parente através de uma linha de Moraes de Pernambuco, que vai assim, faz assim e volta e da qual participa o poeta João Cabral de Melo Neto, esse pernambaioca (se me permitem o neologismo tirado de Pernambuco, Bahia e carioca) espesso, áspero e agridoce, com um carão de lua que parece sempre bafejado de uma brisa nordestina; esse *a*) poeta; *b*) compositor popular; *c*) produtor de rádio; *d*) cronista lírico; *e*) locutor esportivo; *f*) escritor de shows; *g*) grande papo; *h*) diretor artístico de boate; *i*) fazedor de *jingles*; *j*) homem triste; *k*) ótimo volante; *l*) esplêndido amigo; *m*) desvairado amante; *n*) M. C.; *o*) humorista nato; *p*) "santo homem", como dele diz com terno sotaque o poeta português Carlos Maria de Araújo; *q*) trabalhador infatigável; *r*) letrista insigne; *s*) cantor agradável; *t*) pródigo absoluto; *u*) incurável *gourmand*; *v*) olho de lince; *x*) punho de clava; *y*) superego; *z*) adorador da vida — esse menino grande mesmo, que não sei como ainda não descobriu no poema "Les chercheuses de Poux", de Rimbaud, a sua doce morte diária, porque é homem de rede, mucama, água de coco, cosca no pé, cafuné na cabeça, brisa marinha no cabelo do peito; esse quebrador de tenreiros, físico para *bergères* antigas tipo mesenta, bem estofadas de modo a ele caber todo e ainda poder pôr os pisadores longe no tamborete; esse imenso tímido de radar sempre ligado, capaz no entanto das maiores semostrações, esse gigante fraterno que já pôs o braço diante da minha queda e que tem casa, comida e roupa lavada no meu coração; esse grande pecador que se chama Antônio Maria Araújo de Moraes tem — eu vos asseguro — o estofo de um grande santo. Às vezes posso vê-lo num burel de monge, no pátio colonial de um convento plantado de roseiras, dando de comer na mão a pombas brancas; ou a transitar silenciosamente num claustro seu vasto corpo gasto e purificado de muito amar.

Setembro de 1953

OPERÁRIOS EM CONSTRUÇÃO

Às vezes, enquanto trabalho em casa, na minha máquina, e busco no abstrato da paisagem urbana a forma do que quero dizer, acabo esquecendo de tudo para fixar minha atenção sobre os operários que terminam o edifício em frente. Chegaram agora à fase em que só falta pintar as esquadrias e dar caiação final no primeiro andar. Venho, há meses, observando-os trabalhar, erguer a sólida estrutura de oito pisos, com três apartamentos por andar. Vi-os situar as fundações, levantar o cipoal de aço e cimento que era como o esqueleto do prédio. Vi-os colocar-lhe os soalhos, enquadrar-lhe as portas e janelas, revesti-los de sua epiderme intensa de tijolos refratários. Fui espectador emocionado de suas perigosas passagens para a prancha móvel, à guisa de elevador, sobre a área mínima da qual suspendiam-se para rebocar e caiar os grandes muros externos laterais da construção paciente e imóvel. Juro que ouvia tambores surdos, como antes do número de sensação ao trapézio volante de um circo, cada vez que um daqueles homens cor de cimento fazia arriscadíssima passagem da janela para a prancha estreita presa a roldanas colocadas no alto do edifício. Admirei-os em suas displicentes poses escultóricas, mãos na cintura sobre a tábua balouçante, indiferentes à sucção do abismo aberto em espirais de morte sob seus pés. A um vi fazer pipi lá para baixo, num perfeito à vontade, provocando-me necessidade idêntica, ai de mim, fruto de uma reação do meu vagossimpático (pois que sofro vertigem das alturas). À noite, ouvi-os cantar, no barracão que levantaram no pátio dos fundos, enquanto o fogo de sua cozinha rústica crepitava no escuro e seus violões ponteavam bordões dolentes. Apreciei-os brincar e brigar, passarem-se objetos jogando-os com incrível precisão, discutir problemas de construção e lances de futebol e receber empregadas da vizinhança com as quais se internavam prédio adentro: e que alegres voltavam desses rápidos sequestros!

Agora a estrutura se erige — mais um apartamento na colmeia em torno — e os operários esticam seu labor na preguiça dos retoques finais. Ergueram o prédio. Cumpriram seu dever. Criaram com suas mãos o plano de um arquiteto. Deram vida ao espaço. E em verdade eu vos digo que é justo o lazer que ora se permitem, pois multiplicaram uma só unidade residencial em muitas, capazes de abrigar as alegrias, tristezas, amores e lutas de outros tantos homens. E, fazendo-o, fizeram trabalho de homem.

Setembro de 1953

HISTÓRIA TRISTE

Outro dia, meu amigo o escritor Otto Lara Resende estava mineirando ali na esquina de México com Pedro Lessa, quando lhe veio a vontade de tomar um "sustincau". Não sei bem o que seja um "sustincau", mas pela descrição que me fez Otto, creio tratar-se de um híbrido de Toddy com picolé. Disse-me ele ser coisa de sustância e eu acreditei piamente. Ao que parece, existe uma carrocinha do produto no local indicado, e tanto ele como Paulo Mendes Campos são fregueses da estranha beberagem; ou chuparagem — não sei ao certo.

Sei de uma coisa: que Otto estava por ali manipulando um "sustincau", quando viu chegar uma família — pai pobre e doentio, mãe ainda moça, desgastada e sem brilho, e filhinha anêmica, de rostinho chupado. Uma família brasileira típica, poderíamos dizer. A menininha, ao ver o Otto sorvendo o "sustincau", precipitou-se para a carrocinha gritando que também queria um: "um igual ao daquele moço".

Os pais chegaram-se, contrafeitos. O Otto, que nada perdia da cena, nem do "sustincau", viu o pai perguntar quanto era, depois convocar a mulher e os dois confabularem, com o resultado de ela dizer-lhe que só havia para a passagem de volta. Tinham vindo ao IPASE para exame médico e trazido o justo necessário. Chamaram a menininha e tentaram explicar-lhe, sem dizer a razão exata porque, naturalmente, eram gente de brio e Otto estava por perto, urubusservando. Mas a menininha tinha água na boca:

— Ah, me dá um, papai! Um igual ao do moço!

— É muito gelado, filhinha! Faz mal...

— Ah, me dá um, papai!

O homem da carrocinha, que não estava seguindo a história, mas ouvira as últimas frases, interveio:

— Tem sem ser gelado, s'or!

O casal se entreolhou. Diz Otto que o encabulamento do homem era total. Ele foi para um canto com a mulher e os dois puseram-se a esgravatar na bolsa. Mas só havia cascalho.

— Não pode ser, não, filhinha!

A mulher, nervosa, chegou-se para a menininha:

— Pare de pedir coisas, ouviu? Que menina! Tem os olhos maiores que o estômago. Vam'embora! E não quero ouvir nem mais uma palavra!

Os olhos tristes da garota lambiam o "sustincau" do Otto. Ela suspirou, fazendo beicinho — e foi aí que o próprio Otto, meio contrafeito, dirigiu-se ao pai:

— Pode deixar ela tomar um.

A menininha precipitou-se para a carrocinha. O homem, de olhos baixos, agradeceu, no auge da vergonha. Diz Otto que engrolou umas palavras e meteu o pé.

Bom Otto. Se houvesse céu, ele já estava com o seu lugar garantido.

Não é bem o que o ministro da Justiça chama, com uma tal vernaculidade, de "menoridade desvalida"; mas que é uma menoridade um bocado pinimbada, sem nem um tostãozinho para tomar um "sustincau", ah, isso é!

Setembro de 1953

DIA DE SÁBADO

Porque hoje é Sábado, comprei um violão para minha filha Susana, a fim de que ela aprenda dó maior e cante um dia, ao pé do leito de morte de seu pai, a valsa "Lágrimas de dor", de Pixinguinha — e seu pai possa assim cerrar para sempre os olhos entre prantos e galgar a eternidade ajudado pela mão negra e fraterna do grande valsista...

Porque hoje é Sábado, desejarei ser de novo jovem e tremer, como outrora, à ideia de encontrar a mulher casada, de pés de açucena; desejarei ser jovem e olhar, como outrora, meus bíceps fortes diante do espelho...

Porque hoje é Sábado, desejarei estar num trem indo de Oxford para Londres, e à passagem da estação de Reading lembrar-me de Oscar Wilde a escrever na prisão que o homem mata tudo o que ele ama...

Porque hoje é Sábado, desejarei estar de novo num botequim do Leblon, com meu amigo Rubem Braga, ambos negros de sol e com os cabelos, ai, sem brancores; desejarei ser de novo moreno de sol e de amores, eu e meu amigo Rubem Braga, pelas calçadas luminosas da praia atlântica, a pele salgada de mar e de saliva de mulher, ai...

Porque hoje é Sábado, desejarei receber uma carta súbita, contendo sobre uma folha de papel de linho azul a marca em batom de uns grossos lábios femininos e ver carimbado no timbre o nome Florença...

Porque hoje é Sábado, desejarei que a lua nasça em castidade, e que eu a olhe no céu por longos momentos, e que ela me olhe também com seus grandes olhos brancos cheios de segredo...

Porque hoje é Sábado, desejarei escrever novamente o poema sobre o dia de hoje, sentindo a antiga perplexidade diante da palavra escrita em poesia, e, como dantes, levantar-me com medo da coisa escrita e ir olhar-me ao espelho para ver se eu era eu mesmo...

Porque hoje é Sábado, desejarei ouvir cantar minha mãe em velhas canções perdidas, quando a tarde deixava um alto silêncio na casa vazia de tudo que não fosse sua voz infantil...

Porque hoje é Sábado, desejarei ser fiel, ser para sempre fiel; ser com o corpo, com o espírito, com o coração fiel à amiga, àquela que me traz no seu regaço desde as origens do tempo e que, com mãos de pluma, limpa de preocupações e angústia a minha fronte imensa e tormentosa...

Setembro de 1953

CÃIBRA

Um cacho de gente pendura-se ao meu lado, do estribo do bonde descendo a Presidente Vargas em demanda da Central. Na ponta do cacho, como uma banana não prevista, um mulatinho segura-se ao bonde por apenas dois dedos de cada mão. Numa hora lá, ouço-o dizer:

— Puxa, que cãibra!

Olho a penca humana do meu lugar à ponta do banco. Tenho à minha esquerda um velho que cochila com toda a pinta de funcionário da Central, os punhos puídos e a gravata desfiando no nó. À minha frente há uma mulata gorda, de pé, ou melhor, o seu impressionante posterior. Vejo, nas caras à minha volta, sinais de imemorial fadiga e paciência. Dir-se-ia que estamos na Índia. A cor de todo mundo é a da desnutrição e da desesperança. Há poucos rostos escanhoados. Muitos olhos trazem sinais de conjuntivite crônica e paira um ar geral de avitaminose dentro do elétrico a transportar lentamente a sua carga humana para a cidade. O sol bate a pino no cacho pendente, como a querer amadurá-lo à força, e rapidamente. Lá de fora chega-me novamente a voz, meio aflita:

— Tou com uma cãibra!

Mas ninguém dá atenção. O bonde prossegue um pouco mais, eu de olho no mulatinho de cara contraída, os braços elásticos a abraçar de fora a penca de homens de cerrada catadura. "Ele vai cair...", penso comigo. Mas logo depois acho que não, que ele aguenta mais um pouquinho, porque já por estas alturas estamos atingindo a antiga praça Onze, onde há um ponto de parada. Mas a voz chega novamente, aflitíssima, enquanto eu vejo os dedos do mulatinho com as pontas brancas de esforço, agarrados como garras ao balaústre:

— Não aguento mais essa cãibra!

A queda veio em seguida, mas o "roxinho" era muito safo. Apesar de cair de costas, ele aproveitou o movimento, girou numa espetacular pantana e pôs-se de pé. Foi evidentemente sorte sua o bonde estar a fraca velocidade.

Vi-o ainda sacudindo o braço da cãibra que o tomara, sem qualquer sinal aparente de ferimento ou choque. O seu substituto no cacho ficou olhando, o corpo estirado para fora do bonde, e comentou meio para si mesmo:

— O homem devia tar com uma cãibra...

Outubro de 1953

O APRENDIZ DE POESIA

Eu havia sempre laborado na arte da poesia, desde os mais verdes anos. Às vezes, em meio aos brinquedos com os irmãos, na ilha do Governador, fugia e ia me ocultar no quarto, a folha de papel diante de mim.

Era tão estranho aquilo! Eu de nada sabia ainda, senão que tinha nove anos e Cocotá era o meu mundo, com sua praia de lodo, seu cajueiro e seus guaiamuns. Mas sabia vibrar em presença da folha branca que me pedia versos, viva como uma epiderme que pede carinho. Passavam-me os mais doces pensamentos, a imagem de minha mãe cantando, o rosto de Cacilda, minha namorada, da Escola Afrânio Peixoto, o beijo que Branca me dera — menina danada! — em plena igreja São João Batista, quando as cabeças dos fiéis se haviam mansamente curvado para a bênção.

Mas de alguma coisa carecia, que me arrastava logo às antologias (muito obrigado, Fausto Barreto; muito obrigado, Carlos de Laet!) ante as quais morria de inveja. Ah, escrever um soneto como o "Anoitecer", de Raimundo Correia! Minha maior tentação era, no entanto, meu próprio pai, Clodoaldo Pereira da Silva Moraes, poeta inédito, cujos manuscritos folheava deslumbrado, os mesmos que Bilac lera e cuja publicação aconselhara.

Lembro que havia entre eles um soneto que levava meu nome, feito quando eu ainda no ventre materno. Cada vez que o lia, as lágrimas corriam-me livremente — e quantas não enxuguei sobre o papel amarelado para que não borrassem a linha antiga... Partia, ato contínuo, para a folha branca que me esperava, virgem, a procurar um tema, uma frase, uma palavra que me desse para abrir as portas daquela cidade cobiçada, cujos rumores chegavam-me maravilhosamente acústicos.

Pus-me a imitar. Primeiro meu pai, mais à mão, menos preocupado com a glória literária, a que não dava grande crédito. Um dia, como um ladrão, levei comigo, enfiada por dentro da camisa de banho, uma longa pastoral em decassílabos, que fui mostrar a Célia, minha garota da ilha, uma menina grande e mais velha, que se entretinha de mim.

— Que beleza! — disse-me ela pondo as mãos nas minhas. — Você quer dar ele para mim?

Covarde, dei. Hoje a pastoral de meu pai anda por aí, não sei onde, talvez na gaveta de uma cômoda no Encantado, onde morava quando vinha ao Rio; talvez em Miami, Acapulco ou Pago-Pago, para onde a tenha levado sua imensa tontice.

Muito plagiei, a princípio. Primeiro timidamente, depois como um possesso. Castro Alves, companheiro de noitadas de meu tio-avô Mello Moraes Filho, emprestou-me sua revolta condoreira. Olavo Bilac cedeu-me o diamante com que cortava os duros cristais de sua poesia. Guilherme de Almeida presenteou-me com seu geraldysmo, sua reticência ilustre, seu sorriso imóvel e seus punhos de renda. Menotti deu-me seu *lorgnon*, seus crachás, seu jucamulatismo. Descia de Antero a Júlio Dantas, perpetrando ceias, desvendando seios, ai de mim. Abria a antologia à toa e esperava. Casimiro? Casimiro! E assim se foi povoando de negros caracteres impecáveis um grande livro de capa preta, rubricado "Prefeitura do Distrito Federal", sobre que, tenho a impressão, um funcionário qualquer, meu parente, havia feito mão baixa. Mas que importava? Era um livro belo, um caderno de perfeito almaço, da grossura da minha ambição de criar poesia, vasto bastante para o menino que queria voar com asas roubadas, essas que tão cuidadosamente punha nas omoplatas para o exercício noturno dentro de seu quarto dentro da ilha dentro da baía dentro da cidade dentro do país dentro do mar dentro do mundo.

Um dia conheci um poeta como mandam as regras, com livro publicado e tudo o mais. Chamava-se João Lyra Filho, era moço nortista, apaixonado, e recitava Augusto dos Anjos por trás de uma cadeira. Augusto dos Anjos! Como me chocava aquela ousadia de palavras, a misturar a miséria ao sublime, o esterco à estrela, a podridão do túmulo à beleza da vida! Preferia Adelmar, para quem, naquele tempo, voltavam-se os olhos fiéis de João Lyra Filho como os do sacristão para o padre.

Certa vez, depois de uma noite de angústia, resolvi mostrar-lhe meus versos. Reunira-os sob o nome de "Foederis arca". Mas o poeta não gostou. Disse-me de modo brando que desistisse daquilo. Falou-me da predestinação poética, que eu não tinha. Meu negócio devia ser outro. Faltava-me aquele imponderável que os amantes do belo representam esfregando sutilmente a polpa do polegar contra a dos outros dedos, mas não como para indicar o vil metal: mais devagar, como a destilar a própria substância imanente da arte.

O poetinha aprendiz desistiu?

Coisíssima nenhuma! Prossegui firme, inabalável entre alexandrinos, decassílabos e redondilhas, a perpetrar odes, sonetos, elegias, éclogas, cromos e acrósticos que dava fielmente às namoradas que fui semeando, da Gávea a Sabará.

Era o martírio da poesia, em todo o seu desvario.

Uma noite — eu tinha dezessete anos — Otávio de Faria e eu fomos tocando a pé da Galeria Cruzeiro até a Gávea, onde ficava minha casa, na rua Lopes Quintas. Não era infrequente fazermos isso, à base da conversa. Era um hábito da amizade entre o calouro e o veterano da Faculdade de Direito do Catete, aquele passeio noturno povoado das sombras de Nietzsche e da pantomima de Chaplin. Lembro-me que à meia-noite, bem alto, na estrada de Órion, brilhava uma lua como nunca vi mais cheia, a cabeleira solta, os seios nus, o olhar de louca a me varar o peito de súplicas e doestos.

Era tal o mistério dessa noite que agora mesmo, escrevendo na minha sala noturna, sinto os cabelos se me içarem de leve, como se fosse sentir novamente sobre eles a mão macia da lua cheia.

Deixei Otávio de Faria no seu bonde de volta e subi Lopes Quintas, rumo a casa. O sossego era perfeito, total o sono do mundo. Só, às vezes, subitamente, dos espaços descia um braço de vento que varria as folhas secas da rua e empinava papéis velhos como hipocampos. Transpus, ansiado, a distância familiar que me levava para alguma coisa que sentia vir mas não sabia o que era. Em casa, galguei rápido as escadas para o meu quarto no primeiro andar, e fui sentar-me ofegante à escrivaninha antiga, a mesma que tenho hoje, a mesma que suportou na infância o peso da minha ambição de ser poeta. A janela estava aberta, e em sua moldura a lua viera se postar, os olhos cravados em mim.

Não sei como foi, mas sei que foi diferente de tudo o que sentira antes. Meus ouvidos, como conchas, pareciam recolher os ruídos mais longínquos do mar que estilhaçava em mim. Ouvi o sopro da noite, o cair das folhas, o germinar das plantas que buliam fora, na mata próxima ao Corcovado, e ali perto, no jardim. Pombas vazaram do meu coração, deixando-me dentro, a se debater, a grande ave inimiga que me feria com suas asas querendo sair também, fugir, voar para longe. Senti-me sem peso, sem dimensão, sem matéria. Meu ser volatilizou-se para a lua, transformado ele próprio em substância lunar. E comecei a escrever como nunca dantes, liberto de métrica e rima, algo que era eu mas que era também diferente de mim; algo que eu tinha e de que não participava, como um fogo-fátuo a crepitar da minha carne em agonia.

Linha por linha, como psicografado, o poema — o meu primeiro poema — começou a brotar de mim.

O ar está cheio de murmúrios misteriosos...

Há algum tempo atrás terminei os trabalhos de correção de uma coletânea de meus poemas, a sair proximamente. Lembrei-me do meu primeiro poema, do primeiro poema em que me vi criando poesia, transformando a natureza, sendo a voz que existia em mim e não era eu. Estudei longamente a possibilidade de colocá-lo na seleção, mas não houve jeito. Era ruim demais. Mas, curioso! senti a forma como a querer, em vão, segredar-me imponderáveis.

Tive saudades do tempo em que a poesia para mim era isso: a noite, com suas vozes, a lua com seus véus, o silêncio noturno da Terra a rolar no infinito. Tive saudades de Júlio Dantas, Adelmar Tavares, João Lyra Filho. De repente, a poesia fez-se tão exigente, o poeta fez-se tão lúcido...

Por que tiveste que passar, poesia inocente, poesia ruim, que eu fazia com os olhos nos olhos da lua? Por que morreste e deixaste o poeta calmo, firme, sóbrio dentro da noite sem mistérios?

Outubro de 1953

GUIGNARD

Contou-me Aloísio de Salles, na inauguração da exposição de Guignard (que ninguém deve perder, ali no Museu de Arte Moderna), que o artista ficou felicíssimo no grande dia porque o deixaram entrar sem cobrar-lhe nada. A história dá bem a medida da qualidade do artista e pureza de sua arte.

Eu acho Guignard um sujeito fabuloso. Houve tempo, antes de sua partida para Minas (de que é hoje o pintor representativo), em que nos víamos mais. Guignard gostava muito de meter-se nas barcas da Cantareira e ficar trafegando, a ver a baía colorida. Lembro-me que um domingo Carlos Leão e eu o encontramos numa barca de Niterói, e era dia de regata — o que deixou Guignard completamente indócil. Ficou debruçado como uma criança, a espiar o movimento das ioles, a agitação multicor das bandeirinhas, o luminoso espetáculo marítimo que se lhe oferecia, assim em verde, azul e vermelho. De vez em quando, voltava-se para nós e, com gestos de pintor, reproduzia no ar quadros que via ora aqui, ora lá longe. Poucas vezes o vi mais agitado. Caloca deliciou-se, e eu também, com a espontaneidade infantil do seu entusiasmo.

Guignard é, como se sabe, um grande marinhista — de um jeito diferente de Pancetti, mas também grande. Suas pinturas de mar têm muito mais encanto e frescor que as de Pancetti. Ele põe sempre milhões de barquinhos em composição meio primitiva, dá um ar de festa ao motivo que pinta, torna o mar uma coisa vibrante e encantatória. Hoje em dia, quase que completamente descarioquizado, ele, depois de desenhar e pintar muito essas queridas montanhas de Itatiaia (sim, muito queridas para minha lembrança), passou-se todo para Minas, onde criou sua esplêndida escola de pintura (cheia de bons frutos) e onde tem vivido e desenhado lindas paisagens das serras e do casario colonial com a mão mais delicada que já viu a pintura brasileira. Muitas dessas telas estão lá no Museu de Arte Moderna, e algumas atingem a perfeição formal, a sutileza simples, a técnica lírica da pintura japonesa. Bom Guignard! No meio de tanta coisa ruim, de tanta miséria e tanto desencontro eis sua pintura, fresca como um sorriso de criança; sua pintura onde em casas singelas vivem seres simples e felizes; sua pintura onde, em frondes verdes, cantam sempre passarinhos.

Outubro de 1953

MORTE NATURAL

Nós costumamos ligar a ideia de morte natural apenas ao homem, como se as plantas e os animais não morressem naturalmente. E mesmo nas plantas e animais, só nos lembramos disso quando sua morte vem ligada a alguma noção peculiar, gênero morte de elefante que, diz-se, ao se sentir morrer caminha léguas em demanda do cemitério de seus congêneres, onde deita o vasto corpo entre as carcaças familiares e desobjetiva em boas condições.

Só raramente nos lembramos que bichos pequenos também morrem de morte natural. Quando por acaso encontramos sobre uma mesa, ou no chão, uma mosca, hirta, nunca nos vem a ideia de que ela faleceu dentro das regras: isso porque para todo mundo a mosca é um inseto que não morre — é morto. E assim para a grande maioria dos bichinhos. Quem é que vai se lembrar de que uma joaninha pode morrer, ou um mosquitinho, ou uma baratinha-da-praia, ou uma pulga, ou uma minhoca? São bichos de tal modo submissos aos azares da morte violenta, de tal modo sujeitos a serem comidos por um outro bicho, pisados, batidos, espremidos, dedetizados, que acabam, no consenso do homem, sem direito a morte própria. Daí o espanto que se tem ao ver o raro espetáculo de uma mosca moribunda agitando as patinhas nas vascas da agonia.

Onde será que ficam as centenas de milhares de cadáveres de dípteros, coleópteros, lepidópteros — toda legião de invertebrados que deve viver morrendo por aí? É curioso como quase não se veem bichinhos mortos, quando eles morrem às pamparras; sim, porque há muitos que vivem horas apenas... Onde ficam as borboletas mortas que eu não as vejo em lugar nenhum, nem mesmo nas matas? Aliás, onde estão as borboletas, que desapareceram dos jardins e parques, que não agitam mais suas asinhas coloridas em torno dos pés de manacás ou por entre o capim alto dos terrenos baldios da cidade? Será que não concordaram com o mau gosto dos objetos feitos com suas asas e em sinal de protesto contra a estultícia do turista consumidor suicidaram-se em massa atirando-se ao mar? De fato, não há mais borboletas. A última que vi era uma grande borboleta amarela num livro de crônicas de Rubem Braga...

Um dia, passeando nos terrenos de um castelo inglês cerca de Oxford — era uma tarde dourada de folhas de outono —, ouvi no ar um estranho grito, um som agudo e horrível, entre espasmo e canto. Olhei para cima e vi um passarinho cumprir, num derradeiro estertor de vida, sua última parábola ascendente. Ele subiu até onde pôde e depois caiu a prumo, quase aos meus pés. Peguei-o. Suas plumas foram ainda por algum tempo doces e quentes na minha mão em concha.

Outubro de 1953

SUSANA, FLOR DE AGOSTO

A redação seria a coisa mais triste do mundo, não fosse a presença inesperada de Susana. Susana com seus treze anos em flor, sua sábia beleza, seu doce e triste olhar castanho e sua perfeita desenvoltura encheram a redação de uma vida inesperada, fazendo-me por alguns instantes esquecer a mesquinhez do cotidiano. Ela entrou nos amplos espaços do meu tédio com passos graciosos de dançarina e ficou a girar por ali, balançando os cabelos longos sobre os ombros firmes de adolescente. Pus-me a adorá-la como nunca dantes, àquela menina a quem dei vida, e nunca senti mais forte, doce, secreto o elo que a ela me prende.

Talvez para os outros sua jovem figura trouxesse apenas o encanto de uma flor em desabrochamento. Para mim, seu pai, trouxe uma sensação de indizível amor, de um triste, fatal e pacífico amor sem remédio. Revi-a pequenina em meus braços diante de um branco céu crepuscular, a olhar para o alto anunciando-me que as estrelinhas estavam acordando. Revi-a a me olhar do seu modo sério quando lhe contava histórias, longas histórias por vezes inventadas e que nunca eram bastantes para a sua imaginação insone. Revi-a crescendo diante de mim qual planta misteriosa, estirando o caule, distendendo os ramos numa ânsia saudável de crescer. Agora ali estava ela a dançar sua maravilhosa dança ritual só para mim, nos infinitos espaços do meu silêncio — Susana, uma vida tirada de mim, uma menina que eu fiz para amar com a maior doçura do mundo: Susana, flor de agosto, filha minha muito amada, para quem eu cantei meus mais sentidos cantos e sobre cujo pequenino rosto adormecido despetalei as mais lindas pétalas do meu carinho.

Outubro de 1953

1964-1966[*]

[*]Crônicas publicadas em: *Fatos e Fotos*, 1964-65, e *Última Hora*, 1966.

PARA UMA MENINA
COM UMA FLOR

Porque você é uma menina com uma flor e tem uma voz que não sai, eu lhe prometo amor eterno, salvo se você bater pino, o que, aliás, você não vai nunca porque você acorda tarde, tem um ar recuado e gosta de brigadeiro: quero dizer, o doce feito com leite condensado.

E porque você é uma menina com uma flor e chorou na estação de Roma porque nossas malas seguiram sozinhas para Paris e você ficou morrendo de pena delas partindo assim no meio de todas aquelas malas estrangeiras. E porque você quando sonha que eu estou passando você para trás, transfere sua DDC para o meu cotidiano, e implica comigo o dia inteiro como se eu tivesse culpa de você ser assim tão subliminar. E porque quando você começou a gostar de mim procurava saber por todos os modos com que camisa esporte eu ia sair para fazer mimetismo de amor, se vestindo parecido. E porque você tem um rosto que está sempre num nicho, mesmo quando põe o cabelo para cima, como uma santa moderna, e anda lento, e fala em 33 rotações mas sem ficar chata. E porque você é uma menina com uma flor, eu lhe predigo muitos anos de felicidade, pelo menos até eu ficar velho: mas só quando eu der aquela paradinha marota para olhar para trás, aí você pode se mandar, eu compreendo.

E porque você é uma menina com uma flor e tem um andar de pajem medieval; e porque você quando canta nem um mosquito ouve a sua voz, e você desafina lindo e logo conserta, e às vezes acorda no meio da noite e fica cantando feito uma maluca. E porque você tem um ursinho chamado Nounouse e fala mal de mim para ele, e ele escuta mas não concorda porque é muito meu chapa, e quando você se sente perdida e sozinha no mundo você se deita agarrada com ele e chora feito uma boba fazendo um bico deste tamanho. E porque você é uma menina que não pisca nunca e seus olhos foram feitos na primeira noite da Criação, e você é capaz de ficar me olhando horas. E porque você é uma menina que tem medo de ver a Cara na Vidraça, e quando eu olho você muito tempo você vai ficando nervosa até eu dizer que estou brincando. E porque você é uma menina com uma flor e cativou meu coração e adora purê de batata, eu lhe peço que me sagre seu Constante e Fiel Cavalheiro.

E sendo você uma menina com uma flor, eu lhe peço também que nunca mais me deixe sozinho, como nesse último mês em Paris; fica tudo uma rua silenciosa e escura que não vai dar em lugar nenhum; os móveis ficam parados me olhando com pena; é um vazio tão grande que as outras mulheres nem ousam me amar porque dariam tudo para ter um poeta penando assim por elas, a mão no queixo, a perna cruzada triste e aquele olhar que não vê. E porque você é a única menina com uma flor que eu conheço, eu escrevi uma canção tão bonita para você, "Minha namorada", a fim de que, quando eu morrer, você, se por acaso não morrer também, fique deitadinha abraçada com Nounouse, cantando sem voz aquele pedaço em que eu digo que você *tem de ser a estrela derradeira, minha amiga e companheira, no infinito de nós dois.*

E já que você é uma menina com uma flor e eu estou vendo você subir agora — tão purinha entre as marias-sem-vergonha — a ladeira que traz ao nosso chalé, aqui nestas montanhas recortadas pela mão presciente de Guignard; e o meu coração, como quando você me disse que me amava, põe-se a bater cada vez mais depressa. E porque eu me levanto para recolher você no meu abraço, e o mato à nossa volta se faz murmuroso e se enche de vaga-lumes enquanto a noite desce com seus segredos, suas mortes, seus espantos — eu sei, ah, eu sei que o meu amor por você é feito de todos os amores que eu já tive, e você é a filha dileta de todas as mulheres que eu amei; e que todas as mulheres que eu amei, como tristes estátuas ao longo da aleia de um jardim noturno, foram passando você de mão em mão, de mão em mão até mim, cuspindo no seu rosto e enfeitando a sua fronte de grinaldas; foram passando você até mim entre cantos, súplicas e vociferações — porque você é linda, porque você é meiga e sobretudo porque você é uma menina com uma flor.

MINHA TERRA TEM PALMEIRAS...

Vejo de minha janela uma nesga do mar verde-azul de Copacabana e me penetra uma infinita doçura. Estou de volta à minha terra... A máquina de escrever conta-me uma antiga história, canta-me uma antiga música no bater de seu teclado. Estou de volta à minha terra, respiro a brisa marinha que me afaga a pele, seu aroma vem da infância. Retomo o diálogo com a minha gente. Uma empregada mulata assoma ao parapeito defronte, o busto vazando do decote, há toalhas coloridas secando sobre o abismo vertical dos apartamentos, dá-me uma vertigem. Que doçura!

Sinto borboletas no estômago, deve ter sido o tutu com torresmo de ontem misturado ao camarão à baiana de anteontem misturado à galinha ao molho pardo de trasanteontem misturada aos quindins, papos de anjo, doces de coco do primeiro dia. Digiro o Brasil. Qual *canard au sang*, qual *loup flambé au fenouil*, qual *pâté Strasbourgeois*, qual nada! A calda dourada da baba de moça infiltra-se entre as papilas gustativas, elas desmaiam de prazer, tudo deságua em lentas lavas untuosas num amoroso mar de suco gástrico...

— É a *brasuca*! — disse-me Antonio Carlos Jobim balançando a cabeça com ar convicto, enquanto empinava o seu vw em direção ao Arpoador.

Há uma semana e meia atrás, pelas cinco da manhã, eu tocava violão para uns brasileiros e espanhóis da terceira classe, no *Charles Tellier*, que me trazia da Europa. De repente, um clarão lambeu o navio e todo mundo correu para a amurada. Era um farol de terra, possivelmente o de Cabo Frio. Havia entre nós um padre que regressava depois de quatro anos de estudos em Roma e Paris, um bom padre mineiro cheio de zelo pela nova missão de que vinha investido. Juro que vi o velho palavrão admirativo, o clássico palavrão labial de assombro formar-se em sua boca, sem que ele sequer desse por isso.

Domingo passado fui almoçar na casa materna. Muito mais que as coisas vistas, os sons é que me emocionaram. Lá estava na parede o velho quadro de Di Cavalcanti, representando um ângulo da rua Direita pouco depois do antigo Hotel Toffolo, em Ouro Preto; mas o que me chegou foi o tinir das ferraduras dos burrinhos nas velhas pedras do calçamento, de mistura ao soar dos sinos e à voz presente de minha filha Luciana chamando-me: "Pai...iê!" para que eu fosse ver qualquer coisa. Depois, o sussurrar de vozes se amando baixinho no escuro de um beco, sob a luz congelada de estrelas enormes...

— Você gosta de mim?

— Gosto.

— Muito?

— Muito!

Minhas artérias entraram em constrição violenta, o peito doeu-me todo e eu me levantei e fui até a rua para respirar. Sei que morrerei um dia de uma emoção assim. Mas não adiantou. Lá estava o capim brotando de entre os paralelepípedos, lá estava a ladeira subindo para o verde úmido do morro, ali à esquerda ficava um antigo apartamento onde eu morei. Naquele tempo eu ganhava novecentos mil-réis por mês e estudava para o concurso do Itamaraty. Dava apertado, mas dava.

Por que será que só no Brasil brota capim de entre os paralelepípedos, e particularmente na Gávea? Existe por acaso um sorvete como o do seu Morais às margens do Ródano? Veem-se jamais as silhuetas de Lúcio Rangel e Paulo Mendes Campos numa cervejaria em Munique? Quem já viu passar a garota de Ipanema em Saint-Tropez?

Adeus, mãe Europa. Tão cedo não te quero ver. Teus olhos se endureceram na visão de muitas guerras. Tua alma se perdeu. Teu corpo se gastou. Adeus, velha argentária. Guarda os teus tesouros, os teus símbolos, as tuas catedrais. Quero agora dormir em berço esplêndido, entre meus vivos e meus mortos, ao som do mar e à luz de um céu profundo. Malgrado o meu muito lutar contra, eis que me vou lentamente tornando — logo eu! — num isolacionista brasileiro.

UMA VIOLA-DE-AMOR

Deem ao homem uma viola-de-amor e façam-no cantar um canto assim... "Sairei de mim mesmo e irei ao encontro das flores humildes dos caminhos e das lentas aves dos crepúsculos, cujo pipilo suspende na paisagem uma lágrima que nunca se derrama. Sairei de mim mesmo em busca de mim mesmo, em busca de minha imagem perdida nos abismos do desespero, minha imagem de cuja face já não me lembro mais...

"Sairei de mim mesmo em busca das melodias esquecidas na memória, em busca dos instantes de total abandono e beleza, em busca dos milagres ainda não acontecidos...

"Que eu seja novamente aquele que ergue do chão o pássaro ferido e, no calor de sua mão, dá-lhe de morrer em paz; aquele que, em sua eterna peregrinação em busca da vida, ajuda o camponês a consertar a roda do seu carro...

"Que me seja dado, em minhas andanças, restituir a cada ser humano o consolo de chorar dias de lágrimas; e depois levá-lo lá onde existe a luz e chorar eu próprio ante a beleza do seu pranto ao sol...

"Possa eu mirar novamente os pélagos e compreendê-los; atravessar os desertos e amá-los. Possa eu deitar-me à noite na areia das praias e manter com as estrelas em delírio o colóquio da eternidade. Possa eu voltar a ser aquele que não teme ficar só consigo mesmo, numa dura solidão sem deliquescência...

"Bem haja o meu irmão no meu caminho, com as suas úlceras à mostra, que a ele eu hei de curar e dar abrigo no meu peito. Bem haja no meu caminho a dor do meu semelhante, que a ela estarei desvelado e atento...

"Seja a mulher a mãe, a esposa, a amante, a filha, a bem-

-amada do meu coração; possa eu amá-la e respeitá-la, dar--lhe filhos e silêncios. Possa eu coroá-la de folhas da primavera em seu nascimento, seu conúbio e sua morte. Tenha eu no meu pensamento a ideia constante de querê-la e lhe prestar serviço...

"Que o meu rosto reflita nos espelhos um olhar doce e tranquilo, mesmo no mais fundo sofrimento; e que eu não me esqueça nunca de que devo estar constantemente em guarda de mim mesmo, para que sejam humanos e dignos o meu orgulho e a minha humildade, e para que eu cresça sempre no sentido de Tempo...

"Pois o meu coração está antes de tudo com os que têm menos do que eu, e com os que, tendo mais do que eu, nada têm. Pois o meu coração está com a ovelha e não com o lobo; com o condenado e não com o carrasco...

"E que este seja o meu canto e o escutem os surdos de carinho e de piedade; e que ele vibre com um sino nos ouvidos dos falsos apóstolos e dos falsos apóstatas; pois eu sou o homem, ser de poesia, portador do segredo e sua incomunicabilidade — e o meu largo canto vibra acima dos ódios e ressentimentos, das intrigas e vinganças, nos espaços infinitos..."

Deem ao homem uma viola-de-amor e façam-no cantar um canto assim, que sua voz está rouca de tanto insulto inútil e seu coração triste de tanta vã mentira que lhe ensinaram.

MORRER NUM BAR

Na morte de Antônio Maria

Aí está, meu Maria... Acabou. Acabou o seu eterno sofrimento por tudo, e acabou o meu sofrimento por sua causa. Na madrugada deste mesmo 15 de outubro em que, em frente aos pinheirais destas montanhas tão queridas, eu me sento à máquina para lhe dar este até-sempre, seu imenso coração, que a vida e a incontinência já haviam uma vez rompido de dentro, como uma flor de sangue, não resistiu mais à sua grande e suicida vocação para morrer.

Acabou, meu Maria. Você pode descansar em sua terra, sem mais amores e sem mais saudades, despojado do fardo de sua carne e bem aconchegado no seu sono. Acabou o desespero com que você tomava conta de tudo o que amava demais: o crescimento harmonioso de seus filhos, o bem-estar de suas mulheres e a terrível sobrevivência de um poeta que foi o seu melhor personagem e o seu maior amigo. Acabou a sua sede, a sua fome, a sua cólera. Acabou a sua dieta. Aqui, parado em frente a estas montanhas onde, há trinta anos atrás, descobri maravilhado que eu tinha uma voz para o canto mais alto da poesia, e para onde, neste mesmo hoje, você deveria chamar porque (dizia o recado) não aguentava mais de saudades — aprendo, sem galicismo e sem espanto, a sua morte. Quando a caseira subiu a alegre ladeirinha que traz ao meu chalé para me chamar ao telefone — eram nove da manhã — eu me vesti rápido dizendo comigo mesmo: "É o Maria!". E ao descer correndo para a pensão fazia planos: "Porei o Maria no quarto de solteiro ao lado, de modo a podermos bater grandes papos e rir muito, como gostamos...". E ainda a caminho fiquei pensando: "Será que Itatiaia não é muito alto para o coração dele?...". Mas você, há uma semana — quando pela primeira e última vez estivemos juntos depois de minha chegada da Europa, numa noitada de alma aberta —, me tinha tranquilizado tanto que eu achei melhor não me preocupar. Eu sabia que seu peito ia explodir um dia, meu Maria, pois por mais forte e largo que fosse, a morte era o seu guia.

Outra noite, pelo telefone, ao perguntar eu se você estava cuidando de sua saúde, você me interpelou: "Você tem medo de morrer, Poesia?". "Medo normal, meu Maria", respondi. "Pois olhe: eu não tenho nenhum", retorquiu você sem qualquer bravata na voz. "Só queria que não doesse demais, como na primeira crise. Aquela dor, Poesia, desmoraliza."

Mas como eu descesse — dizia — para atender à sua chamada, e atravessasse o salão da casa-grande, e entrando na cabine ouvisse (como há catorze anos atrás ouvi a voz materna) a voz paternal de meu sogro que me falava, preparando-me: "Você sabe, Antônio Maria está muito mal...": e eu instantaneamente soubesse... — justo como naquela época soube também, quando a voz materna, em sinistras espirais metálicas, me disse do Rio para Los Angeles: "Sabe, meu filho, seu pai está muito mal..." — o nosso encontro marcado deu-se numa dimensão nova, entre o mundo e a eternidade: eu aqui; você... onde, meu Maria? — onde?

Ah, que dor! Agora correm-me as lágrimas, e eu choro embaçando a vista do teclado onde escrevo estas palavras que nem sei o que querem dizer...

Há uma semana apenas conversamos tanto, não é, meu Maria? Você ainda não conhecia minha mulher, foi tão carinhoso com ela... Tomamos uma garrafa de Five Stars no Château, depois fomos até o Jirau e terminamos no Bossa Nova. Eu ainda disse: "Você pode estar bebendo e comendo desse jeito?". "Por quê, Poesia? Não há de ser nada... Qualquer dia eu vou morrer é assim mesmo, num bar..."

Eu só espero que não tenha doído muito, meu Maria. Que tenha sido como eu sempre desejei que fosse: rápido e sem som. Mas é uma pena enorme. Você tinha prometido à minha mulher, a pedido dela, que recomeçaria hoje, nesta quinta-feira do seu recesso, no seu "Jornal de Antônio Maria", o seu "Romance dos pequenos anúncios", que foi uma de suas melhores invenções jornalísticas e onde eu era personagem cotidiano: você sempre a querer fazer de mim, meu pobre Maria, o herói que eu não sou.

Mas por outro lado, sei lá... Você disse nessa noite, à minha mulher e a mim, que nem podia pensar na ideia de sobreviver às pessoas que mais amava no mundo: sua mãe, seus dois filhos, suas irmãs e este seu poeta. "E Rubem Braga...", acrescentou você depois, brincando com ternura. "Eu não queria estar aí para ler quanta besteira se ia escrever sobre o Braguinha..."

Não irei ao seu enterro, meu Maria. Daria tudo para ter estado ao seu lado na hora, para lhe dar a mão e recolher seu último olhar de desespero, de maldição para esta vida a que você nunca negou nada e o fez sofrer tanto. Daqui a pouco o sino da casa-grande tocará para o almoço. Verei minha mulher descer, triste de eu lhe ter dito (porque ela dorme ainda, meu Maria...) e de me deixar assim sozinho, sentado à máquina de escrever, com a sua morte enorme dentro de mim.

15 de outubro de 1964

O "IDAP"

Creio ter sido em casa de Fernando Sabino, há uns vinte verões atrás, que, discorrendo a conversa sobre o amor, entraram de repente os circunstantes em considerações fenomenológicas da maior pertinência, a propósito desse caso patológico que é um homem apaixonado. O tipo foi, de início, estudado sob todos os ângulos; e como a maioria dos circunstantes falava com conhecimento de causa — e quanta! — chegou-se a várias conclusões sobre as quais não me estenderei de medo que o assunto vaze do retângulo a que tenho direito nesta página.

Que o homem apaixonado é um doente, disso não nos ficou a menor dúvida. Doente mesmo no duro, tal um portador do mal de Hansen ou da moléstia de Basedow. Como sob a ação de um vírus qualquer letal, seu cérebro começa a funcionar de um modo totalmente peculiar. Torna-se ele, para princípio de conversa, mais policial que um agente da antiga Gestapo, para não trazer o assunto mais próximo, passando a julgar o ser amado, quando fora do seu campo visual (e por vezes também dentro dele), capaz de qualquer traição. Para o homem apaixonado, a mulher amada é o centro do mundo e da atenção geral. Todos os homens, por princípio, dão em cima dela. Se ela olha não importa quão casualmente para um outro varão na rua, está dando bola. Se não olhou é porque sofreu impacto: não ama o bastante para enfrentar com naturalidade a cobiça do sexo oposto; trata-se de uma fraca, uma venal, uma completa... — nem é bom falar! Enfim, para o homem apaixonado mulher amada é, na fase da paixão, um misto de Bernadette e Lucrécia Bórgia. Nada mais irreal que a sua realidade, pois que se tem saudade dela em sua presença, e há ocasiões em que se quer a sua morte para que se possa ter paz — e não há paz em sua ausência. A mulher amada é o paradoxo vivo, o *fogo que arde sem se ver, a ferida que dói e não se sente, o contentamento descontente* de que fala Camões, que, esse sim, sabia o que era o amor.

A partir de uma diagnose bastante completa do assunto, começou-se a pensar o que se poderia fazer em benefício do homem apaixonado, esse *bateau ivre* despenhado na torrente, esse sonâmbulo a vagar no espaço cósmico, essa nota extrema e lancinante acima de todas as pautas da emoção humana. Ficou de início deliberado que ele deveria usar uma qualquer marca distintiva: talvez um sapato de cada cor, ou uma gravata que acendesse como a dos mágicos, ou andar sobre pernas de pau... — enfim, uma característica que o tornasse conspícuo aos olhos dos míseros mortais entre os quais é obrigado a viver. Acabamos optando por uma bengalinha como a dos cegos — só que, em vez de branca, vermelha, da cor da paixão; pois um dos grandes riscos que corre o homem apaixonado é o tráfego, em meio ao qual transita como se fosse transparente.

Mas ficou verificado que a bengalinha poderia prestar-se a grandes contrafações por parte de inúmeros vigaristas que, sabedores de suas regalias, não hesitariam em obtê-la por meios ilícitos. O melhor, concluímos, seria criar uma nova autarquia, o Instituto dos Apaixonados (com a sigla IDAP), a cujos sócios seria fornecida uma carteirinha; cuja carteirinha daria prioridade em telefones públicos, direito a "espetar" em bares, proteção especial da polícia em caso de briga e uma série de outras prerrogativas, como entrada grátis nos cinemas mais escuros da cidade, direito a expulsar pessoas dos bancos de parques e jardins e etc.

Mas qual a entidade para caracterizar o homem verdadeiramente apaixonado? E quais as habilitações necessárias à constituição de uma junta de psicólogos capazes de atestar ser uma pessoa portadora da terrível disfunção? Não haveria, aí também, oportunidade para muito nepotismo, muita proteção por fora? E após novas ponderações verificou-se que bastaria um funcionário honesto atrás de um guichê. O Homem Apaixonado chegaria e o funcionário examinaria rapidamente o fundo do seu olho para diagnosticar o chamado olho de peixe, ou seja, meio vidrado. Feito isto, tomar-lhe-ia o pulso ao mesmo tempo que perguntasse: "O senhor se considera realmente apaixonado?". Ao que o paciente — eu, suponhamos — responderia mais ou menos assim:

— Ah, o senhor quer saber que dia é? São quatro e meia e a primavera está linda. Ela se chama Nelita...

E cairia para trás, duro e babando.

SUAVE AMIGA

E eu pensarei: Que bom,
nem é preciso respirar...
Cecília Meireles

Não fui ao teu enterro, Suave Amiga.

Os enterros, eliminei-os de minha vida para que possa lembrar vivos os meus mortos. Quando os vejo morrer ou lhes velo os despojos, ou os acompanho em seu último e inútil passeio, eles se vão pouco a pouco fazendo impartici-pantes; deixam-se frios e reservados como hóspedes de uma longínqua Marienbad. Sim, Suave Amiga, muito esnobes ficam os mortos para meu gosto. Prefiro pensá-los em viagem, capazes de inesperadamente surgir em minha imaginação, como sucedia no meu tempo; vivos, itinerantes, sempre partindo e sempre de volta. Porque, assim como eu, todos os meus amigos viajam muito.

Em algum lugar andarás agora, Suave Amiga, algum Tibete ou algum Nepal, a te moveres entre templos, levada pelo ímã do teu olhar de prata. Em algum lugar estará acontecendo o teu silêncio, a tua sombra, a tua dúvida. Ora deves parar em doce postura para ouvir de algum velho monge fórmulas mágicas capazes de imobilizar o tempo, dar voz às rosas, transformar tudo em distância; ora ensimesmar-te diante de horizontes infinitos até a evaporação total da carne feita bruma, feita nuvem, feita pólen lunar: bruma, nuvem, pólen lunar habitados por imensos olhos verdilúcidos a caminharem para a grande treva fluida esgarçada de véus brancos.

Suave Amiga, que saudade antiga... Saudade de quando entravas na sala de mesas toscas e, à tua chegada, nós nos iluminávamos; e o teu olhar fazia tudo verde, mas não verde-que-te-quero-verde: verde-conta, verde-cecília, cristal verde. Era Manuel Bandeira, cujo beijo deves ainda guardar na face fria; era Ribeiro Couto, que nunca mais vai voltar de Belgrado e era eu nos meus vinte e oito anos, investindo com a lança do Silêncio contra os cavaleiros do Som, em combate cinematográfico desigual; éramos nós, teus poetas, e eras tu, poeta nosso, poeta-nuvem, poeta-gaivota a pescar na névoa de teu mar os peixes luminosos de teus versos. Era outro dia, era outra fábula. De mesmo só havia uma grande vontade de chorar.

Suave Amiga, que cantiga triste... Que triste história a não contar mais nunca, essa do tempo que passa, do teu vulto avançando na penumbra da sala para logo se perder, da luz de teu sorriso e da calma dos teus olhos sem paz... Não importa onde estejas agora, nos caminhos do Sinai tangendo estrelas, ou a dormir num aquário no fundo de um lago, a graça de teu vulto acompanha nossos passos. À noite, em silêncio, pensamos em ti, ó poeta-pássaro, e sentimos o roçagar inaudível de tuas asas. Um dia, quando menos esperares, estaremos a teu lado. E eu sei que, inclinando graciosamente o corpo sobre o abismo, vigiarás nossa escalada e, no último lance, nos darás a mão. E tu serás para nós, teus poetas, a adorável cicerone desse mundo sem som onde hoje vagas ao sabor da inexistência de tudo, na imensa disponibilidade de quem não tem para onde ir. E nós talvez possamos escrever no grande quadro-negro incolor do espaço, como alunos aplicados, as primeiras palavras inexistentes da poesia que não foi.

Novembro de 1964

VELHO AMIGO
CONTO DE NATAL

Fui eu próprio levar o peru — o meu primeiro! — para a sala, onde me vivaram devidamente. Vieram todos ver entre goladas de champanha e interjeições de fome. Era, na realidade, um lindo bicho, e podia-se quase sentir sua maciez através da crosta dourada que o forno trabalhara em tempo rigorosamente proporcional ao peso. Uma beleza! Eu não cabia em mim de orgulho: muito mais do que se se tratasse de um poema ou uma canção. Meu primeiro peru — poxa! — e ainda mais para *gourmets* da categoria de Jorgito Chaves, Celso de Souza e Silva, Gilberto Bandeira de Melo, David Silveira da Mota, Geraldo Silos e Almeida Sales...

Isso no meu apartamento em Paris, no Natal de 1963.

Um pouco mais cedo, durante o cozimento da ave, meu parceiro Baden Powell sobreviera e ali mesmo, ao pé do fogão, balançara-me um samba também saidinho do forno; um sambão todo alegria, de bocarra aberta e braços para cima. Enquanto trançávamos entre a cozinha e a sala, dando as últimas providências, a letra foi saindo...

Formosa, não faz assim
Carinho não é ruim
Mulher que nega
Não sabe não...
Tem uma coisa de menos
No seu coração!

E assim foi ele cantado por todos os circunstantes, durante oito horas e dez garrafas do mais puro escocês. Quando, já madrugadinha, a casa serenou, Baden e eu nos sentamos com as nossas mulheres e nos deixamos a lembrar

Natais passados. Foi quando ele, pondo-se sério, perguntou-me se eu não queria pôr letra numa canção que fizera para seu pai morto um Natal antes. Havia se imposto o dever — disse-me — desse encontro musical com a morte do seu "velhinho". A canção era linda e nos emocionou a todos fundamente. Já agora o ambiente tinha mudado. A casa não era mais a hospedeira de uma alegria que partira, mas de uma saudade que tinha chegado: uma saudade doída, feita dessa indefinível angústia de meninice, quando cada sentimento é uma paixão e cada coisa que se passa, um acontecimento extraordinário. Peguei papel e lápis e, os olhos velados de lágrimas, comecei a tentar...

Neste dia de Natal
Em que já não estás comigo
Ó deixa-me chorar
Ao relembrar a valsa
De um Natal antigo...
Ao soar da velha hora
Eu te via, velho amigo,
Entrar bem devagar
Me beijar, e ir chorando embora...

... eu fechava os olhos, fingindo não o ver, enquanto ele se aproximava bem de mansinho e pendurava o grande pé de meia de filó vermelho, cheio de brinquedos, na cabeceira de minha cama, e empilhava no chão, por ordem de tamanho, os embrulhos entre os quais eu sabia estar — ah, prazer divino!
— o Almanaque do Tico-Tico, com milhões de coisas a recortar e armar; e logo, o coração aos pulos, eu via através de uma frincha de olho seu rosto vir se agigantando sobre o meu, vir se agigantando até uma incomensurável imagem, a imagem do amor paterno, o amor que gostaria de dar tudo sem poder: toma esse navio de verdade! toma esse trem de ferro da Central! toma essa ponte levadiça! toma esse automóvel de

corrida! toma esse edifício! toma o que você quiser! — e depois deixar um beijo leve em minha face, um beijo como o pedido de perdão de um pai que de seu só tinha o nome; e uma vez, esquecer também uma lágrima que lhe gotejou na carícia e ficou a tremular em minha pele como a incerta gota de orvalho sobre a folha nova, e da qual escorreu com a instantânea lentidão das coisas do Infinito, a morte das estrelas, o nascimento das galáxias, as viagens da luz...

> *Meu velho amigo*
> *Por que foste embora...*
> *Desde que tu partiste*
> *O Natal é triste*
> *Triste e sem aurora...*

Naquela sala, em que a madrugada começava a filtrar, dois mortos de pé consideravam com espanto dois homens que não podiam cantar, de tal modo as lágrimas se lhes corriam, tão convulsivo se ia fazendo seu pranto de órfãos, de meninos sem Papai Noel. E mais surpresos se puseram ainda ao ver que nos abraçávamos todos, nós homens porque não tínhamos mais pai, nossas mulheres só de pensar que os poderiam perder um dia — e que conosco choravam a mesa, as cadeiras, as garrafas vazias e até os restos do peru de Natal, do qual repontavam ossos brancos. E tanto que, chocados, se foram retirando discretamente, a conversar em voz baixa — certamente sobre a frouxidão desses filhos modernos que nem sabem mais aguentar a tristeza e saudade específicas de uma noite de Natal.

Natal de 1964

TOADINHA DE ANO NOVO

E foi-se o ano — ano bissexto arrenegado! —, ano ruim, ano safado, ano assim nunca se viu! Levou Aníbal, levou Antônio Maria, levou tanta poesia com Cecília que partiu... Levou Ari e levou Álvaro Moreyra (nunca vi ano bissexto pra fazer tanta besteira!). E não contente — eta aninho contundente! — ainda deixa pra semente tanto estorvo pro Brasil!...

Ano pior só fazendo de encomenda: depois da morte de Kennedy, até Kruchev caiu. De modo que, se escutarem um barulhão, não se assustem, é nada não... foi a Bomba que explodiu.

Mas já se foi, já se mandou... — valha-nos isso! — ano chato, ano difícil, ano contraproducente. E isso porque, além de todo esse estrupício, deu um estranho panarício no dedo de muita gente.

Pelo meu lado eu até não digo nada: me casei com a minha amada, fui com ela pra Paris. Fiz meus sambinhas, tenho uns planos de cinema e a garota de Ipanema me deixou muito feliz. E se a saúde não fizer nenhum *forfait*, este Ano Novo até que vai ser muito fagueiro: vou tacar peito, vou fazer muito poema, e a garota de Ipanema vai ser mãe em fevereiro. Pois tem um samba feito por mim e por Baden que — não sei, vocês aguardem... — tem um balanço legal; e que, se for trabalhado pelo Ciro, aposto vai ser um tiro: vai estourar no Carnaval!

Pois é, meus filhos, aí está 65... Vai entrar tudo nos trilhos, como diz Roberto Campos. Se não entrar, resta a Barra da Tijuca e uma garrafa de uca enquanto se pescam uns pampos. Resta saber que no IV Centenário o carioca, esse otário, vai ter água pra chuchu. Pois tem morrido um bocado de operário pra aliviar nosso calvário com a adutora do Guandu. Resta pensar na folia de Rei Momo — Carnaval de quem não come resolve qualquer problema. Quem ficar vivo, segundo a lei do mais forte, esteve mais perto da morte que mocinho de cinema.

De qualquer modo resta o tomara-que-seja; resta o que a gente deseja, como diz o amigo Guima. E a esperança é uma mulher tão à mão, que é até ingratidão a gente não dar-lhe em cima.

Por isso, amigos, que este ano recém-nato, ao contrário do transacto, lhes chegue de fraldas limpas; e vocês tenham um milhão de coisas boas e possam ver suas pessoas num espelho mais bonito.

Que vocês tenham mais Jobim e mais Caymmi; mais paixão e menos crime; mais Zé Kéti e Opinião. E Zicartola continue sua escola com essa branquinha pachola que se chama Nara Leão.

Pois a verdade é que tudo se renova: bossa velha fica nova, o que eu acho muito bem. Só não renova quem já está com o pé na cova, quem não cria e não desova, quem não gosta de ninguém.

Que vocês tenham mais Drummond e mais Bandeira, e eles deixem de leseira e venham mais para a rua. E que Schmidt, em lugar de dar palpite, venda com mais apetite no Disco da velha Lua.

Que João Gilberto continue longe e perto, cantando pelo deserto seu canto de solidão. Canto que vende para a causa brasileira muito mais que o Bemoreira, o Rei da Voz e o Dragão.

Que a linda Astrud nos mande mais amiúde, de Nova York ou Hollywood, os ecos de sua voz; voz que faz mais por nossos pobres Cr$ do que os trustes estrangeiros que proliferam entre nós.

Que esses meninos tão bons do Cinema Novo mostrem mais ao nosso povo sua força e seu poder; e que através da mensagem de seus filmes evitem maiores crimes que ainda podem acontecer.

Que a Bardotzinha volte sempre para Búzios e quando queira use e abuse dos nossos encantos mil: ou sejam os mares, os solstícios, os luares, os poentes e os madrugares que dão sopa no Brasil. Porque, em matéria de exploração estrangeira, é a única verdadeira, que toma mas também dá. E que ela seja ao lado de seu Zaguri um truste que sempre dure na terra do sabiá.

Que Pixinguinha, já curado seu enfarte, nos dê mais de sua arte de sambista e de "chorão". E essa figura chamada Ciro Monteiro balance o Brasil inteiro com a voz do seu coração.

Que nasçam poemas, nasçam canções, nasçam filhos; e se terminem os exílios e se exerça mais perdão. E brotem flores das dragonas militares e não mais se assustem os lares com esses tiros de canhão. Que todos se unam, se protejam, apertem os cintos; se reúnam nos recintos com esperança brasileira. E que se dê de comer a quem não come, porque o povo passa fome: e a Fome é má conselheira...

Que o Rei Pelé faça gols por toda parte; e Di Cavalcanti, arte; e o Congresso, leis honestas. E Rubem Braga escreva crônicas lindas; e o Poder crie mais Dimas do que tem criado Gestas.

E — que diabo! — que eles voltem, meus parceiros... Estão todos no estrangeiro. Que fazem vocês aí? Voltem depressa, venham logo para casa, que é pra gente mandar brasa ao som do Quarteto em Cy.

E finalmente que eu, pequeno mas decente, siga sempre para a frente com meu amor ao meu lado. E ela me dê, no mais próximo presente, o presente de um futuro sem as dores do passado.

1º de janeiro de 1965

CONTRACAPA PARA PAUL WINTER

Quando, em 1956, eu pedi a Antonio Carlos Jobim que fizesse os sambas de minha peça *Orfeu da Conceição*, de onde foi extraído o filme *Orfeu negro*, não tinha ideia de estar dando ao jovem compositor carioca — um verdadeiro nativo de Ipanema — o sinal de partida para o nosso movimento renovador da bossa nova, que hoje ganhou projeção internacional. Paralelamente, outros jovens compositores como Carlos Lyra, Roberto Menescal e os irmãos Mário e Oscar Castro Neves compunham individualmente no mesmo sentido, numa espécie de trabalho telepático que se deveria unir numa onda comum depois do aparecimento das primeiras canções de Jobim no nosso LP *Canção do amor demais*, cantado por Elizete Cardoso, e onde um cantor e guitarrista ainda desconhecido a não ser pelos seus mais íntimos, João Gilberto, acompanhava Elizete numa nova batida ao violão que deveria tornar-se o marco rítmico do moderno samba brasileiro.

Daí por diante a história é conhecida. O samba que fiz com Jobim, "A felicidade", extraordinariamente divulgado pelo sucesso do filme *Orfeu negro*, lançou a primeira ponte internacional para a nova música. Paralelamente, no Rio e posteriormente em São Paulo, os estudantes sob a orientação de Ronaldo Bôscoli começaram a organizar shows de bossa nova, cuja aceitação foi sensacional. Em 1959 aparecia o primeiro álbum de João Gilberto, cujo título era o mesmo do nosso samba: "Chega de saudade": o primeiro inteiramente dentro do espírito da bossa nova. Daí por diante, os novos LPs de João Gilberto, lançando os sambas de Jobim, Carlos Lyra, Menescal e Oscar Castro Neves — além de reformular, dentro do novo estilo, velhos sambas de Ari Barroso, Dorival Caymmi e outros compositores —, fizeram o resto. Dentro do Brasil o movimento estabelecera bases, se não ainda populares, pelo menos firmes no seio das elites e da burguesia média.

A partir de 1961 eu comecei a compor com o compositor e extraordinário violonista Baden Powell, num sentido mais nacionalista, por assim dizer: buscando a temática dos ritos negros do candomblé da Bahia e introduzindo um elemento que faltava ao moderno samba brasileiro: a contribuição africana, devidamente sincretizada em seu novo habitat. E em fins do mesmo ano retomei o trabalho com Carlos Lyra, criando para toda uma fita de gravação que o compositor me havia apresentado, para versificar, a história e estrutura de uma comédia musicada: a primeira comédia musicada genuinamente brasileira, salvo no nome, que é o de uma antiga canção de Noel Coward e, creio, de um antigo filme americano com Shirley Temple: *Pobre menina rica* (Poor little rich girl). Mas, como é o único nome possível para o musical, nós o temos mantido até que alguém nos ameace de processo. Porque, como disse Romeu para Julieta: *"What's in a name?..."*.

Perdoe o leitor americano eu ter de personalizar assim. É que muita fantasia tem sido escrita sobre a bossa nova, no Brasil como nos Estados Unidos, e já é mais que tempo de pôr as coisas em seus devidos lugares. Ninguém quer a glória de tê-la inventado. A bossa nova vem de uma série de conjunturas históricas, econômicas e artísticas no Brasil, fruto do grande surto desenvolvimentista que o país teve sob a presidência de Juscelino Kubitschek: o homem que, com dois arquitetos, Lucio Costa e Oscar Niemeyer, construiu em quatro anos a mais moderna cidade do mundo: Brasília. Ela é uma filha moderna do samba tradicional, que teve o seu namoro com o jazz, sobretudo o chamado "West Coast", mas que, tal como a praticam seus melhores homens: Jobim, João Gilberto, Lyra, Menescal, Donato, Castro Neves e Baden Powell, não sofreu nenhuma descaracterização, nem perda de nacionalidade. O que se convencionou chamar de "samba-jazz" nada tem a ver com a bossa nova; nem, para ir mais longe, com samba ou com jazz. É um híbrido espúrio. A verdadeira e orgânica influência do jazz no moderno samba brasileiro está na liberdade de improvisação que criou para os instrumentos e também na orientação do uso do tecido harmônico, que veste a melodia com uma graça e leveza desconhecidas no samba antigo, mais escorado no ritmo e na percussão. Tanto assim que, nos melhores bateristas da bossa nova, como Milton Banana, por exemplo, a percussão funciona frequentemente com um sentido harmônico, se é possível dizer assim.

Quanto ao mais, o sucesso internacional da bossa nova deve-se em primeiro lugar à sensibilidade musical do *disc jockey* Felix Grant, que, em rápida passagem pelo Rio, ouviu e levou para os Estados Unidos os discos de João Gilberto, os quais começou a lançar em seus programas. Depois, Paul Winter, Stan Getz, Lallo Schiffrin e Herbie Mann sentiram a mensagem do *novo som* brasileiro, a poesia da bossa nova. E vieram os sucessos de "Samba de uma nota só" e "Desafinado". Aí, Jobim e eu fizemos "Garota de Ipanema", que, num milagroso lance, Astrud gravou, no álbum *Getz-Gilberto*, com um conjunto instrumental brasileiro do qual participavam Jobim ao piano, João Gilberto no violão, Tião Neto no contrabaixo e Milton Banana na bateria. Esta é a verdadeira história da bossa nova. Hoje dá prazer ver o nome do nosso querido bairro de Ipanema transformado em moeda internacional corrente. Foi lá, no número 107 da rua Nascimento Silva, no antigo apartamento de Antonio Carlos Jobim, que, numa tarde de abril de 1956, dois compositores amigos inclinaram as cabeças um para o outro e cantaram juntos sua primeira composição tipicamente bossa nova: "Chega de saudade".

O que é bossa nova? Bossa nova é mais Greenwich Village do que 52nd Street; é mais uma chuva fina olhada através da janela de um modesto hotel de 46th Street que um rubro poente sobre a ilha de Manhattan, visto do Empire State Building. Bossa nova — para citar esse grande *new yorker* que foi o poeta Jayme Ovalle — é mais a namorada que abre a luz do quarto para dizer que está, mas não vem, que a loura bonita num casaco de *mink* que se leva para dançar no El Morocco. Bossa nova é mais a estrela da tarde quando brilha sozinha no crepúsculo, entre dois arranha-céus, que todo um céu constelado entrevisto de um alto terraço em Hyde Park. Bossa nova é mais uma moça triste atravessando a Broadway quando já se apagam suas luzes, que o Great Highway tumultuado em que todas as raças se cruzam e todas as impiedades são permitidas. Bossa nova é mais a solidão de uma rua de Ipanema que a agitação comercial de Copacabana. Bossa nova é mais um olhar que um beijo; mais uma ternura que uma paixão; mais um recado que uma mensagem. Bossa nova é o canto puro e solitário de João Gilberto eternamente trancado em seu apartamento, buscando uma harmonia cada vez mais extremada e simples nas cordas de seu violão e uma emissão cada vez mais perfeita para os sons e palavras de sua canção.

Bossa nova é também o sofrimento de muitos jovens, do mundo inteiro, buscando na tranquilidade da música não a fuga e alienação aos problemas do seu tempo, mas a maneira mais harmoniosa de configurá-los. Bossa nova é a nova inteligência, o novo ritmo, a nova sensibilidade, o novo segredo da mocidade do Brasil: mocidade traída por seus mais velhos, pais e educadores, que lhe quiseram impor os próprios padrões, gastos e inaceitáveis. Bossa nova foi a resposta simples e indevassável desses jovens a seus pais e mestres: uma estrutura simples de sons super-requintados de palavras em que ninguém acreditava mais, a dizerem que o amor dói mas existe; que é melhor crer do que ser cético; que por pior sejam as noites, há sempre uma madrugada depois delas e que a esperança é um bem gratuito: há apenas que não se acovardar para poder merecê-lo.

Bossa nova são estes sons que estão aqui, tirados por um jovem músico americano que se cativou de nossa música e hoje é, ao lado de Felix Grant e Stan Getz, o seu maior divulgador dentro dos Estados Unidos: Paul Winter. Quando ele vem ao Rio, nós já o recebemos como a um carioca honorário. Ele toca com os nossos músicos, comunga com os nossos ideais, namora as nossas moças, come o nosso feijão com arroz, vai ver os nossos *pocket shows*, flana à toa por Copacabana e Ipanema, como nós fazemos. Seu encontro com Carlos Lyra, como ficou provado em seu último LP, *The sound of Ipanema*, foi feliz para ambos. Como, aliás, o encontro da bossa nova com o jazz. Nós recebemos e depois demos. E estamos prontos a receber ainda, mais e sempre. E a dar sempre, mais e ainda.

Por isso, obrigado, Felix Grant...

Obrigado, Stan Getz...

Obrigado, Paul Winter...

Janeiro de 1965

UM TARADINHO DE QUATROCENTOS ANOS

Caro Deus:

Não foi sem muito refletir que resolvi mandar-lhe esta, mormente agora que Você está aí a braços com o velho Churchill, de cuja resposta a um jornalista ainda me lembro, já lá vão dez anos, quando lhe foi perguntado se estava pronto para enfrentar o seu Criador: estava, mas não sabia se o seu Criador estava pronto para enfrentá-lo, a ele, Churchill. Consta, além disso, que Você está planejando grandes reformas no seu serviço de relações públicas... Mas eu, sinceramente, não podia esperar mais, porque na minha qualidade de poeta — e carioca! — sinto-me de certa maneira responsável pelo que está acontecendo. Veja, pois, se Você mete aí um litro de uísque no velho Churchill e aproveita para pensar um instantinho no problema que lhe vou submeter, no sentido não sei se de dar providências — o que contraria o seu modo usual de agir desde que Você mandou seu Filho aqui por estas paragens; de, quem sabe, premunir-me sobre o que deve ser feito relativamente à educação do meu jovem Rio, que acaba de completar quatrocentos janeiros, mas que o mais das vezes porta-se como se tivesse quarenta.

Eu estou ficando grisalho de pensar no assunto, pois nunca vi menino ao mesmo tempo tão adorável, e se me permite a palavra chula, taradinho. Taradinho *mesmo*.

Que ele é bom menino, disso não resta a menor dúvida: sem falar que está ficando cada vez mais lindo. Os amigos estrangeiros de passagem ficam encantados com as suas graças naturais e o seu modo de ser, independente de qualquer padrão atualmente conhecido. É ele de uma espontaneidade que a gente não sabe se louvar ou

censurar. Discipliná-la é fazê-lo perder em encanto. Dar-
-lhe corda é submeter-se aos mais graves imprevistos. A
sua religiosidade, por exemplo... Saiba, prezado Deus, que
o meu Rio vem se afastando gradativamente do sagrado
culto, indo cada vez menos à missa e cada vez mais a ter-
reiros de macumba, onde se entrega à prática da magia
negra, substituindo o seu professor por babalaôs e não sei
mais quantos, e os cantos litúrgicos por pontos de macumba e cantos de candomblé, que, diga-se de passagem,
são bem mais bonitos que os primeiros. Não sei se Você,
com todas as suas ocupações, teve tempo de dar uma
olhada para a orla marítima do estado da Guanabara, no
último dia do ano. Era de ver o número de devotos de Iemanjá a penetrar nas águas como doidos, jogando flores e
acendendo velas que, pela quantidade, davam a impressão de um imenso colar luminoso ao longo das praias, a
ponto de criar um lindo efeito para os passageiros das
grandes linhas internacionais aéreas que chegavam. Ora,
é indubitável que isso vem criando um interesse turístico
crescente pelo meu jovem Rio, importando em considerável entrada de divisas: o que faz com que as autoridades,
como se diz, fechem os olhos ao assunto.

Trata-se, ao mesmo tempo, de um adolescente impre-
visível. Às vezes toma-se de súbitos fervores altruísticos e
não para de subir ladeiras para misturar-se a mutirões de
trabalho com os favelados, passando dias a urbanizar e
higienizar favelas por aí tudo. Queria só que Você visse o
estado a que chega, imundo de lama e detritos: uma coisa
de se ter que tapar as narinas. E de repente, como outro
dia, ao regressar de uma dessas jornadas, violou e matou
uma mulher, jogando-lhe depois o corpo a um córrego. E
aí parte para terríveis períodos de cólera e sangue, espan-
cando, assaltando e matando gente a esmo, especialmente na Zona Norte, onde há menos vigilância. Depois reco-
lhe-se como um santinho e faz planos de abrir escolas,

construir casas populares (é muito dado à arquitetura, o meu jovem Rio!) e rasgar túneis para facilitar o trânsito da cidade: mas sem criar condições de trabalho para os operários (geralmente os paus de arara que, como agora se diz, dão sopa por aí) que morrem às dezenas.

É realmente um caso muito especial... O menino faz tudo de um modo atabalhoado, alternando períodos construtivos com outros de destruição, a dar prova de uma personalidade fortemente esquizofrênica. Na semana passada, por exemplo, deu-se um caso que eu, aqui entre nós, acho engraçadíssimo; e embora tivesse ameaçado o menino com umas palmadas, se ele reincidir, tive que esconder-me após o ralho para poder rir à vontade. Imagine, caro Deus, que um guarda ao passar perto de um cano de esgoto abandonado, ali pela zona do aterro, ouviu sair de dentro dele uma voz que dizia insistentemente estas palavras: "Rendes ap! Rendes ap!". Chegou-se e deparou com o meu jovem Rio a ensinar a um bando de marginais como assaltar turistas americanos, agora nas oportunidades do IV Centenário. "Rendes ap" nada mais é que a pronúncia de *"Hands up"* (mãos ao alto), com que os *gangsters* do nosso poderoso irmão do Norte limpam suas vítimas (e também, é claro, os do Império Britânico). E sabe a explicação que o menino deu no distrito? Que, com a crise econômica, não está mais dando pé assaltar o elemento nacional. O negócio é mesmo achacar os turistas portadores de dólares. Agora me diga, caro Deus: Você já ouviu falar numa coisa destas?

Deixo o caso em suas mãos. Eu, francamente, entreguei a rapadura. Mande-me, por favor, e urgente, uma palavra, nem que seja através do Alziro Zarur.

E veja se este ano, em homenagem ao IV Centenário do menino, Você... fatura um pouco menos do que o ano passado, com relação aos amigos da gente. Poxa!... a morte de Antônio Maria, eu sinceramente achei sujeira.

E, é lógico, o que você puder fazer nesse sentido pelo poeta aqui, será devidamente apreciado...

De antemão grato, aqui fica o

Vinicius

1965

CAXAMBU-LES-EAUX

Depois de uma temporada como a que tive no Zum-Zum, nada melhor que esta moleza, este vago tédio em que me encontro, específicos de uma estação de águas. Cheguei, além do mais, asilando uma gripe que, se não é a "russa", anda por perto. Estou derreado. Servem-me as águas a domicílio, numa garrafa vestida de uma linda fantasia de palhinha, um negócio para o baile do Municipal: eu, astênico, vagotônico, no fundo feliz de me sentir de novo disponível. Cai-me bem, de quando em quando, uma doença. É, não só, de certo modo, um treino para a morte, como um grande pretexto para a meditação. O tempo, que se faz tão rápido nesta minha quadra da existência, como que se relaxa. Fica tudo mais sensível, mais acústico. Esse binômio "gripe e estação de águas" é muita felicidade junta. Sinto que me recuperarei de modo total, e com muita sabedoria.

E uma certa tristeza.

Tenho figos no quarto. Se acordo de madrugada e sinto fome, como um figo. Ou chupo, em solo mineiro, uvas paulistas, tal um herói de Kazantzákis. E antes de voltar à cama, e aos braços de mme. de Rênal, com quem na pele de Julien Sorel traio a minha bem-amada, ainda respiro à janela o ar das Alterosas. Em que país, fosse mesmo escandinavo, poderia eu ver três senhorazinhas encantadas passarem pela rua, às duas da manhã, tremulando valsas em bandolins afinadíssimos? Em que ficção, fosse mesmo japonesa, poderia eu ler uma cena destas? Ó prosadores destas Minas que sois amigos meus: por que me ocultastes isto tanto tempo?

Hoje fui ao parque: melhor dizer Parque, assim com maiúscula. Passeei minha convalescença por entre outras senhorazinhas encantadas, mas desta vez encantadas de serem aquáticas, de estarem trafegando assim por entre a flora bem-comportada do jardim, parando para beber as águas e fazer uma fofoca rápida; senhorazinhas, algumas, ainda esperançosas, justiça lhes seja feita, a julgar pelas calças compridas que portam, mais justas que as da Mariazinha do Posto 5.

Bravo, senhoras minhas! Nada de entregar os pontos. Bebei na Fonte Duque de Saxe, lavai o rosto na da Beleza e os olhos com o colírio alcalino da Viotti. Em seguida, fazei massagens e duchas, e se necessário for metei um Pitanguy. E em desespero de causa ide para o Jardim Botânico em dia de chegada de navio holandês. Há sempre um viúvo rico dos Países Baixos correndo o mundo, disposto a negociar os dólares da própria solidão. Ora, o Jardim Botânico, para um flamengo, é atração turística obrigatória. Sentai-vos num banco com o vosso tricô e ao vê-lo que se aproxima, gordinho e rubicundo, pedi-lhe fogo. Se ele não fumar, isso já é assunto bastante para um passeio juntos. Não paga dez. À noite recebereis uma cesta de tulipas e um mês depois estareis em Amsterdam, dona de casa entre canais, tomando a vossa genebra bem gelada e nem lembrando mais deste país subletrado e subdesenvolvido. Eu tive uma prima idosa que casou assim: e ela era mais feia que a necessidade. Casou-se com um suíço. A linha é mais ou menos essa...

Ontem minha mulher foi assistir, no circo local, a uma pantomima sobre Caryl Chessman, o famoso Bandido da Luz Vermelha, de Los Angeles, cuja execução na câmara de gás, há uns quatro anos, deixou o mundo em suspenso. Contou-me ela que, num determinado momento, a mulher do bandido vai visitá-lo na prisão e ao vê-lo pergunta-lhe, assim mesmo à gaúcha:

— Então, como vais?

Ao que Chessman responde:

— Encarcerado, como vês...

Como existe esperança no mundo... Que beleza! É de ver o movimento que vai por estas fontes, mesmo agora, já um pouco fora de estação. Uma trançação constante, cada um com o seu copinho de plástico onde há escrito: "Lembrança de Caxambu".

E as águas balsâmicas desingurgitam fígados cirróticos, acordam vesículas preguiçosas, dissolvem litíases antigas. É a saúde! Uma esticada de mais dez anos, mais cinco, mais seis meses, mais um mês, mais quinze dias... — poxa! — mais uma semaninha só, tá?

A Velha da Prestação não tem outro jeito:

— Tá.

Mas ao vê-la sentada lá no alto do outeiro, com o maxilar apoiado nas falanges, numa atitude de *Pensador* de Rodin, a gente sente que a Morte está chateada da vida. Assim não é vantagem, com essas águas... E ela fica pensando que não há nada como se ter dinheiro.

O que ainda lhe vale é que para a paisanada local, pobre e malnutrida, a carência de iodo nas águas da região é bócio certo. De qualquer modo, para ela não deixa de ser uma esperança...

001

Hoje eu acordei possuído da maior ternura por Otto Lara Resende. Otto tem sido para mim, ao longo de vinte anos de convívio, um amigo exemplar: desses que a pessoa não sabe bem o que fez para merecer. Mais habituado a dar que a receber, Otto usualmente se omite no convívio, recorrendo à facilidade verbal, ao gênio que tem para a frase cunhada como uma espécie de cortina de palavras protetora de seu amor, que pratica à socapa, com malícia e disfarce bem mineiros.

Mas que é um grande amoroso, disto não haja dúvida. E daí o segredo da imantação que exerce sobre seus amigos, que acabam todos escravizados à sua escravidão. Eu dificilmente posso passar mais de dois dias sem lhe telefonar. Quando estou no estrangeiro, é das ausências que mais me pesam. Quantas vezes já não me disse, a perambular triste e sozinho pelos lugares mais esdrúxulos, o que não daria para ouvir, súbito, a meu lado, o seu passo curto e apressado e suas palavras bem escandidas; ou o refrão que em geral canta, com afetação gutural, quando me vê e que passa a persegui-lo horas a fio:

Professor de ciências naturais
É o Vinicius de Moraes!

Há amigos a quem querer bem se vai tornando, à medida, um sacrifício, de tal modo eles "bagunçam o nosso coreto", como se diz por aí. Amigos que impõem a própria desarmonia, violentam a nossa intimidade, nos agridem quando bebem e estão sempre a nos pedir prestações de contas. São os tais que a gente gostaria de fazer "virar fada" quando se entra numa boate, porque o mínimo que pode acontecer é se brigar com a mesa ao lado. Eles têm o dom de provocar o assunto mais explosivo para o nosso convidado, ou assumem o direito de achar que as moças que estão conosco adoram ouvir palavrões ou ser manuseadas. E quando já chatearam ao máximo, partem ofendidos, sem pagar a conta, depois de nos fazer ver que estamos ficando "muito importantes" ou "não somos mais o mesmo".

Outros, pelo contrário, como Otto parecem estar sempre esticando uma mãozinha disfarçada para nos ajudar a carregar a nossa cruz. São seres de bons fluidos, que, quando a gente encontra, o dia melhora. Eles têm o dom da palavra certa no momento certo, e mesmo que tomem o maior dos pileques jamais se tornarão motivo de desarmonia. Sabem respeitar ao máximo a liberdade alheia, a verdade alheia e a mulher alheia. E não é outra a razão pela qual Otto Lara Resende tem tantos "deslumbrados", dos quais o mais conhecido é sem dúvida seu maior "promotor", o teatrólogo Nelson Rodrigues.

Eu, às vezes, conhecendo-lhe os horários, sigo-o em pensamento pela cidade — de casa para a procuradoria, da procuradoria para o jornal, do jornal para casa onde entra tarde e cansado. Como numa panorâmica tirada do alto, vejo-o atravessar a avenida Rio Branco, acompanhado de um ou outro amigo jornalista, a discutir editoriais em função do momento político: um homem sempre por dentro de todos os assuntos, graças à confiança que desfruta entre os poderosos e da qual nunca tira proveito próprio. Lá vai ele em seu passinho ligeiro, uma figura meio *gauche* na qual os ternos não assentam bem, as calças perdem rapidamente o vinco e as pontas do colarinho viram. Usa o olhar baixo, preso ao bico dos sapatos, e não gosta de demorá-lo demasiado sobre o de seu interlocutor: mas não, como em seu conterrâneo Carlos Drummond de Andrade, por tristeza, orgulho e alheamento ao "que na vida é porosidade e comunicação" —

e que conferem à poesia do grande itabirano a sua singular dignidade; antes por medo de pôr-se a gritar de repente que já não aguenta mais de tanto amar os outros e não sabe como dar o seu amor, que transforma em serviços prestados: um empreguinho aqui; uma intervenção junto a um banco ali; um pronunciamento bem escrito para um líder de letras canhestras; uma visita oportuna a um casal amigo em vias de rompimento; uma paciência inesgotável para as confissões e explicações de temperamento dos que andam perdidos nos labirintos da personalidade. Otto chega ao auge — o que para mim é motivo de maior admiração e inveja — de levar, mesmo sem interesse, ao futebol no Maracanã, em pleno verão carioca, seus filhos André e Bruno: feito para mim só comparável à travessia do Kon-Tiki.

Ótimo marido, ótimo filho, ótimo pai, ótimo amigo, ótimo profissional, ótimo tudo — que mais dizer dessa no entanto misteriosíssima figura chamada Otto Lara Resende, ou melhor, o agente 001? Em fase de "cigarra", como agora, nunca ninguém poderá dizer tê-lo visto cantar em sebe alheia. Mas ninguém tampouco poderá jamais saber o que está realmente planejando. Influindo no problema da sucessão presidencial? Bem possível. Nos destinos da ONU? Quase certo. O que vai fazer, por exemplo, quando, em meio à conversa mais animada, ausenta-se subitamente e volta meia hora depois, de cara esperta? O que fabrica no banheiro, onde passa a maior parte do seu dia?

Estará ele em vias de descobrir o filtro da eterna amizade?

1965

SCHMIDT
NA SUA MORTE

Ele era poeta como quem se afoga. Nas suas noites, sempre a poesia, subitamente a vazar de encanamentos mal soldados em suas pernas e seus braços, e a invadir-lhe a casa, perseguindo-o da sala para o quarto, do quarto para o banheiro, do banheiro para o escritório, onde exausto ele acabava por se trancar. E seu corpo outrora vasto, já agora reduzido pelas dolências, subia boiando com o nível das águas até o emparedamento total e a asfixia, como nos antigos suplícios por afogamento em recinto fechado. E ele morria em seu noturno aquário, esmagado pelo teto do infinito, náufrago de si mesmo — um poeta como quem se afoga.

Eu tinha dezenove anos quando, em 1933, pela mão de Otávio de Faria, fui pedir-lhe para distribuir meu primeiro livro de versos. Encontrei-o à porta de sua livraria, na antiga rua Sachet, e seu volume físico oprimiu o menino magro que eu era. Olhou-me com intensidade e disse:

— Mas é uma criança...

Aquilo me deu raiva. Deu-me, sim, porque eu me achava um gênio e meus amigos mais próximos também não faziam por menos. Para Otávio, que orientava meus primeiros passos literários, eu era — embora sem nenhuma influência direta, pois mal me iniciara na leitura dos poetas modernos — o continuador de Schmidt, o jovem acólito de sua missa poética. Aquela missão secundária feria-me os brios porque me parecia que eu partira de mim mesmo, de minhas próprias fontes, e não devia nada a ninguém. Mas, depois de lê-lo, eu me pusera a admirá-lo também e nas nossas intermináveis viagens andarinhas amávamos despetalar seus poemas e atirar versos soltos às estrelas...

Tudo é inexistente, disseram os príncipes deitados na areia...

E vinha o grande pálio aberto e se estendia sobre o céu sem manchas. Destroços, ruínas, podridões ameaçavam desabar... Eram palavras proféticas, a revelar a catástrofe em gestação, a enunciar poeticamente os dados da aventura existencialista do pós-guerra: uma "vidência", uma premonição realmente extraordinárias...

Nós éramos todos "de direita". Torcíamos pela vitória do fascismo e líamos Nietzsche como quem vai morrer. "Escreve com o teu sangue, e verás que teu sangue é espírito!" Ah, como amávamos essa palavra *sangue*... Ah, que conteúdo tinha para nós essa palavra *espírito*...

Depois eu cresci e vi que não era nada disso. Vi que nem eu era gênio, nem queria destruir coisa alguma. Queria era namorar, conversar com os amigos, tomar sol na praia, empilhar fichas de chope e escrever palavras simples.

E fui me afastando...

Mas, vira e mexe, encontrava Schmidt. Em São Paulo, num cais em Montevidéu, em Montmartre, na rua Cupertino Durão. Então ele me pegava, dava-me o braço e me dizia:

— Vem comigo. Eu estou precisando muito conversar com você...

E eu ia. Uma vez foi para poder atribuir-me a culpa da ingestão de meia lata de goiabada que comeu em casa, pobrezinho, alucinado que estava por uma dieta de fome a que o submetia a sua Musa, que o queria esbelto e elegante.

Foi também em sua casa que conheci Jayme Ovalle, o grande, o eterno amigo.

No fundo, devo-lhe muito. Aliás, por falar em dívida, fiquei lhe devendo cinco contos, emprestados há muitos, muitos anos.

Eu lhe digo o que farei, meu caro Schmidt. Hoje à noite, quando sair para fazer meu show, pegarei uma nota de Cr$

5000, bem amassada numa bolinha, e a jogarei para cima, com toda a força que tiver. Se você ainda estiver levitando por aí e conseguir pegá-la, muito bem. Se não, tudo o que desejo é que caia perto de alguém mais pobre do que eu.

Fevereiro de 1965

COM O PÉ NA COVA

Segunda-feira última, ao entrar no Golden Room do Copacabana para a estreia do novo espetáculo de Carlos Machado, tive a mão vivamente apertada por um dos maîtres da casa, velho chapa meu. Notei que me olhava com um ar ansioso.

— Como é? — perguntei-lhe. — Tudo em ordem?

— Puxa, doutor Vinicius... O senhor nem sabe como estou satisfeito! Imagine que hoje de tarde andou correndo que o senhor tinha morrido...

Fiz, por via das dúvidas, a minha figa, com o pai de todos e o fura-bolos, pensando na mãe do autor da gracinha. Mas a real satisfação do maître meu amigo compensou-me de um certo mal-estar deixado pela notícia. Fiquei considerando que ela realmente vai acontecer um dia e... — mas deixa pra lá. Entrei na boate lembrando-me de que, se há um homem que pode dizer já ter estado "com o pé na cova", literalmente, esse homem sou eu.

Foi em Los Angeles, aí por 1947. Com o cônsul em férias, achava-me eu encarregado do nosso consulado e um belo dia eis que me aparece por lá um marinheiro brasileiro: um bom paraibano, com um sotaque pastoso, que havia fugido de um navio, no porto de San Francisco, e depois de viajar de carona até Los Angeles, esfaimado, resolvera se apresentar. Tomei os necessários dados, dei-lhe um dinheirinho para que comesse num *drugstore* embaixo e arrumasse um hotel e pedi-lhe que se mantivesse em contato comigo, enquanto tratava de sua repatriação.

Dia seguinte, surge-me um cidadão da polícia de San Diego, porto vizinho a Los Angeles, para dizer-me que um brasileiro havia sido esmagado por um trem, por se encontrar deitado na linha férrea. Reconheci, na carteira profissional que me foi apresentada, o retrato do meu bom paraibano. Tinha se "mandado". Fiz um telegrama ao Itamaraty, pedindo autorização para fazer embalsamar o corpo e proceder ao enterro, e três dias depois, dirigidos por dois agentes da companhia funerária que havíamos tratado, eu e o então auxiliar contratado Maurício Fernandes — que posteriormente entrou firme no negócio de hotéis, e continua sempre um bom amigo — dirigimo-nos para o cemitério de Forest Law: cenário do famoso romance *The loved one*, de Evelyn Waugh; cemitério onde se ouve música piegas sair de todos os lados e que, no meu tempo, mantinha cartazes de publicidade nas ruas de Los Angeles com os seguintes dizeres: "*Sleep under the stars...*" (Durma sob as estrelas).

Uma vez chegados, um dos agentes acionou um mecanismo que fez o caixão sair automaticamente do coche, já em posição de ser retirado. E assim o levamos nós, com Maurício Fernandes e eu nas alças de trás, até a cova que havíamos adquirido para o nosso bom paraibano. Mas de uma coisa não sabia eu: que com essa mania de disfarçar a morte que têm os americanos (maquilar os defuntos etc.), existe também o curioso costume de tapar o buraco da cova, até a hora da descida do caixão, com um tapetinho de um material verde parecendo chenile — o que a integra na relva circundante.

E foi exatamente onde eu pisei e desapareci, deixando o caixão sobre mim, por um momento, em posição bastante precária, devido ao desequilíbrio causado pela minha queda. Aí veio todo mundo me ajudar a sair da cova, mas eu, apesar de um pouco arranhado nas pernas, ao dar com a cara entre aflita e irônica de Maurício Fernandes, a me estender a mão, desabei numa tal gargalhada que foi uma luta para me tirarem dali. Dobrava-me de tanto rir. Meu riso contagiou-o, e nós não podíamos mais olhar um para o outro. Ríamos, ríamos, e foi rindo assim, em frouxos alternados, que demos sepultura ao nosso pobre patrício.

E não sem muitos olhares de censura dos dois agentes funerários, absolutamente imperturbáveis no exercício do seu piedoso dever.

1965

AMIGOS MEUS

Ah, meus amigos, não vos deixeis morrer assim... O ano que passou levou tantos de vós e agora os que restam se puseram mais tristes; deixam-se, por vezes, pensativos os olhos perdidos em ontem, lembrando os ingratos, os ecos de sua passagem; lembrando que irão morrer também e cometer a mesma ingratidão.

Ide ver vossos clínicos, vossos analistas, vossos macumbeiros, e tomai sol, tomai vento, tomai tento, amigos meus!, porque a Velha andou solta este último Bissexto e daqui a quatro anos sobrevirá mais um no Tempo e alguns dentre vós — eu próprio, quem sabe? — de tanto pensar na Última Viagem já estarão preparando os biscoitos para ela.

Eu me havia prometido não entrar este ano em curso — quando se comemora o 1964º aniversário de um Judeu que acreditava na Igualdade e na Justiça — de humor macabro ou ânimo pessimista. Anda tão coriácea esta República, tão difícil a vida, tão caros os gêneros, tão barato o amor que — pombas! — não há de ser a mim que hão de chamar ave de agouro. Eu creio, malgrado tudo, na grande vida generosa que está por aí; creio no amor e na amizade; nas mulheres em geral e na minha em particular; nas árvores ao sol e no canto da juriti; no uísque legítimo e na eficácia da aspirina contra os resfriados comuns. Sou um crente — e por que não o ser? A fé desentope as artérias; a descrença é que dá câncer.

Pelo bem que me quereis, amigos meus, não vos deixeis morrer. Comprai vossas varas, vossos anzóis, vossos molinetes e andai à Barra em vossos fuscas a pescar, a pescar, amigos meus! — que, se for para engodar a isca da morte, eu vos perdoarei de estardes matando peixinhos que não vos fizeram nenhum mal. Muni-vos também de bons cajados e perlustrai montanhas, parando para observar os gordos besouros a sugar o mel das flores inocentes, que desmaiam de prazer e logo renascem mais vivas, relubrificadas pela seiva da terra. Parai diante dos Véus de Noiva que se despencam virginais, dos altos rios, e ride ao vos sentirdes borrifados pelas brancas águas iluminadas pelo sol da serra. Respirai fundo, três vezes, o cheiro dos eucaliptos, a exsudar saúde, e depois ponde-vos a andar, para a frente e para cima, até vos sentirdes levemente taquicárdicos. Tomai então uma ducha fria e almoçai boa comida roceira, bem calçada por pirão de milho. O milho era o sustentáculo das civilizações índias do Pacífico, e possuía status divino, não vos esqueçais! Não abuseis da carne de porco, nem dos ovos, nem das frituras, nem das massas. Mantende, se tiverdes mais de cinquenta anos, uma dieta relativa durante a semana a fim de que vos possais esbaldar nos domingos com aveludadas e opulentas feijoadas e moquecas, rabadas, cozidos, peixadas à moda, vatapás e quantos. Fazei de seis em seis meses um *check-up* para ver como andam vossas artérias, vosso coração, vosso fígado.

E amai, amigos meus! Amai em tempo integral, nunca sacrificando ao exercício de outros deveres, este, sagrado, do amor. Amai e bebei uísque. Não digo que bebais em quantidades federais, mas quatro, cinco uísques por dia nunca fizeram mal a ninguém. Amai, porque nada melhor para a saúde que um amor correspondido.

Mas sobretudo não morrais, amigos meus!

1965

O DELÍRIO DO ÓBVIO

Conheci-a num coquetel no seu apartamento em Roma: uma mulherzinha intensa, minúscula, arredondada. Pensei imediatamente em dar-lhe um lugar de destaque na coleção de gnomos humanos de jardim, que venho selecionando há um ano e já vai bem adiantada. Devia andar pelos quarenta e cinco, mas quarenta e cinco bem cuidados, a julgar pelo fundo da pele, pelo dorso das mãos e pelo colo almofadado, dando apenas a entender. Um colo arfante, naturalmente.

Olhou-me com olhos úmidos e sua boca rasgada abriu um sorriso de anúncio. O tom com que me falou foi de um recolhimento quase religioso:

— Ah, é o poeta...

Fiquei com vontade de engrossar de saída e responder: "Não, é o cobrador da Light...", mas me contive. Ela suspirou fundo — coisa que, aliás, deveria fazer num crescendo assustador — e sem mudar de tom, mas endurecendo ligeiramente as pupilas, voltou-se para minha mulher:

— Que coisa divina ser a companheira de um poeta, a sua musa inspiradora! E que responsabilidade... Porque os poetas, em geral, são pródigos de amor: não é, poeta?

Quis reagir, mas inutilmente. Sorrimos *aquele* sorriso, e enquanto minha mulher fingia procurar qualquer coisa na bolsa, eu balbuciei um "É..." que merecia ser gravado, pois jamais ouvi nada tão alvar. Ela acertou o vestido nas ancas, num gesto muito característico das mulheres que ainda não desistiram de todo, e aproximando o rosto do meu, segredou-me conivente:

— Aposto que já fez sofrer muitos corações femininos...

Assumi, sem saber bem o que dizer, um ar modesto de

"mais ou menos", e já meio baratinado pela ação irradiante de tanto óbvio, respondi sem tirar nem pôr o que aqui vai:

— Qual nada... A senhora está exagerando... São seus bons olhos... Eu até não sou disso...

Ela fixou-me ardentemente, numa expressão só-eu-sou-capaz-de-compreender-a-alma-dos-poetas, e logo, desviando o olhar do meu para ir perdê-lo na distância, arrematou:

— Dizer que os cientistas estudaram tanto para enviar ao espaço os cosmonautas... E estas mãos (ela tomou-me uma com infinita delicadeza), num simples dedilhar de algumas cordas, nos transportam logo ao céu!

Fiquei com vontade de protestar, de dizer-lhe que estava havendo um erro de pessoa, que ela queria provavelmente se referir a Baden ou Bonfá; mas ela, num súbito arroubo que conseguiu elevar-lhe a estatura de dois centímetros, dirigiu-se a minha mulher não sem uma ameaça velada na voz:

— Você sabe a responsabilidade que tem, menina?, ser a companheira de um poeta, de um compositor? Você sabe que ele não se pertence, é um patrimônio de todos nós? Você sabe o que é ser a musa de um poeta?

Minha mulher, que é muito mais Manuel Bandeira, e tal já me fez ver, chegou a olhar-me com uma certa surpresa, enquanto eu, no auge da covardia, procurava abrandar a sagrada cólera da Begum do Lugar-Comum, como a passamos a chamar depois:

— Ela é boazinha, ouviu...

E sem saber mais o que fazer, ofereci-lhe um cigarro, que ela declinou com seca compunção:

— O poeta vai me perdoar, mas uma mulher (e fuzilou a minha com os olhos) deve ter na boca um gosto de amor e não de fumo...

— Falou pouco, mas bem...

Era a rendição. Ela sorriu deliciada:

— Ah! poeta... As mulheres como eu só falam a linguagem do coração...

Na despedida tomou-me familiarmente o braço até a porta, sem dar a menor importância à "minha musa".

— Agora que já sabe o caminho, volte sempre. O ninho é pequeno mas o afeto é grande. Eu serei sempre... toda ouvidos...

A porta fechada, descendo as escadas para a rua, eu me surpreendi com horror dizendo à minha "companheira":

— Que tal se fôssemos ao Alfredo, comer um *fettuccine al triplo burro*?

1965

DO AMOR AOS BICHOS

Quem, dentre vós, já não teve vontade de ver um passarinho lhe vir pousar na mão? Quem já não sentiu a adorável sensação da repentina falta de temor de um bicho esquivo? A cutia que, num parque, faz uma pose rápida para o fotógrafo — em quem já não despertou o impulso de lhe afagar o dorso tímido? Quem já não invejou Francisco de Assis em suas pregações aos cordeirinhos da Úmbria? Quem já não sorriu ao esquilo quando o animalzinho volta-se curioso para nos mirar? Quem já não se deliciou ao contato dulcíssimo de uma pomba malferida, a tremer medrosa em nossa palma?

Eis a razão por que, semanal leitor, hoje te quero falar do amor aos bichos. Não do amor de praxe aos cachorros, dos quais se diz serem os maiores amigos do homem; nem do elegante amor aos gatos, que gostam mais da casa que do dono, conforme reza o lugar-comum. Quero falar-te de um certo inefável amor a animais mais terra a terra, como as galinhas e as vacas. Diremos provisoriamente basta ao amor ao cavalo, que é, fora de dúvida, depois da mulher, o animal mais belo da Criação. Pois não quero, aqui neste elogio, deixar levar-me por considerações éticas ou estéticas, mas apenas por um critério de humanidade. E, sob este aspecto, o que não vos poderia eu dizer sobre as galinhas e as vacas! Excelsas galinhas, nobres vacas nas quais parece dormir o que há de mais telúrico na natureza... Bichos simples e sem imaginação, o que não vos contaria eu, no entanto, sobre a sua sapiência, a sua naturalidade existencial...

Confesso não morrer de amores pelos bichos chamados engraçadinhos, ou melhor, não os levar muito em conta: porque a verdade é que amo todos os bichos em geral; nem pelos demasiado relutantes ou maníacos-depressivos, tais os veados, os perus e as galinhas-d'angola. Mas olhai uma galinha qualquer ciscando num campo, ou em seu galinheiro: que feminilidade autêntica, que espírito prático e, sobretudo, que saúde moral! Eis ali um bicho que, na realidade, ama o seu clã; vive com um fundo sentimento de permanência, malgrado a espada de Dâmocles que lhe pesa permanentemente sobre a cabeça, ou por outra, o pescoço; e reluta pouco nas coisas do amor físico. Soubessem as mulheres imitá-las e estou certo viveriam bem mais felizes. E põem ovos! Já pensastes, apressado leitor, no que seja um ovo: e, quando ovo se diz, só pode ser de galinha! É misterioso, útil e belo. Batido, cresce e se transforma em omelete, em bolo. Frito, é a imagem mesma do sol poente: e que gostoso! Pois são elas, leitor, são as galinhas que dão ovos e — há que convir — em enormes quantidades. E a normalidade com que praticam o amor?... A natureza poligâmica do macho, que é aparentemente uma lei da Criação, como é bem aceita por essa classe de fêmeas! Elas se entregam com a maior simplicidade, sem nunca se perder em lucubrações inúteis, dramas de consciência irrelevantes ou utilitarismos sórdidos, como acontece no mundo dos homens. E tampouco lhes falta lirismo ou beleza, pois muito poéticas põem-se, no entardecer, a cacarejar docemente em seus poleiros; e são belas, inexcedivelmente belas durante a maternidade.

Assim as vacas, mas de maneira outra. E não seria à toa que, a mais de tratar-se de um bicho contemplativo, é a vaca uma legítima força da natureza — e de compreensão mais sutil que a galinha, por isso que nela intervêm elementos espirituais autênticos, como a meditação filosófica e o comportamento plástico. De fato, o que é um campo sem vacas senão mera paisagem? Colocai nele uma vaca e logo tereis, dentro de concepções e cores diversas, um Portinari ou um Segall. A "humanização" é imediata: como que se cria uma ternura ambiente. Porque doces são as vacas em seu constante ruminar, em sua santa paciência e em seu jeito de olhar para trás, golpeando o ar com o rabo.

Bichos fadados, pela própria qualidade de sua matéria, à morte violenta, impressiona-me nelas a atitude em face da vida. São generosas, pois vivem de dar, e dão tudo o que têm, sem maiores queixas que as do trespasse, transformando-se num número impressionante de utilidades, como alimentos, adubos, botões, bolsas, palitos, sapatos, pentes e até tapetes — pelegos — como andou em moda. Por isso sou contra o uso de seu nome como insulto. Considero essa impropriedade um atentado à memória de todas as galinhas e vacas que morreram para servir ao homem. Só o leite e o ovo seriam motivo suficiente para se lhes erguer estátua em praça pública. Nunca ninguém fez mais pelo povo que uma simples vaca que lhe dá seu leite e sua carne, ou uma galinha que lhe dá seu ovo. E se o povo não pode tomar leite e comer carne e ovos diariamente, como deveria, culpem-se antes os governos, que não os sabem repartir como de direito. E abaixo os defraudadores e açambarcadores que deitam água ao leite ou vendem o ovo mais caro do que custa ao bicho pô-lo!

E, uma vez dito isto, caiba-me uma consideração final contra os bichos prepotentes, sejam eles nobres como o leão ou a águia, ou furbos como o tigre ou o lobo: bichos que não permitem a vida à sua volta, que nasceram para matar e aterrorizar, para causar tristeza e dano; bichos que querem campear, sozinhos, senhores de tudo, donos da vida; bichos ferozes e egoístas contra o povo dos bichinhos humildes, que querem apenas um lugar ao sol e o direito de correr livremente em seus campos, matas e céus. Para vencê-los que se reúnam todos os outros bichos, inclusive os domésticos "mus" e "cocoricós", porque, cacarejando estes, conglomerando-se aqueles em massa pacífica mas respeitável, não prevalecerá contra eles a garra do tigre ou o dente do lobo. Constituirão uma frente comum intransponível, a dar democraticamente leite e ovos em benefício de todos, e destemerosa dos rugidos da fera. Porque uma fera é em geral covarde diante de uma vaca disposta a tudo.

1965

A UM JOVEM POETA

O almoço que tivemos outro dia, meu caro Jovem Poeta — e três poetas éramos nós em três idades da existência tão importantes como os trinta, os quarenta e os cinquenta —, deixou-me triste. Triste porque o seu descaminho, a sua angústia, a sua neura são sintomáticos de uma luta inglória. Você, que ainda é puro e sabe o quão fundamental é ela para a sua aventura de poeta, fica irado contra os outros, ao sentir que a sua presente agressividade é fruto de um complexo de culpa. É você, não os outros, quem está em crise. E se os outros também o estiverem, razão a mais para você afirmar-se em sua luta, que é a luta de todo poeta, para ajudá-los a sair dela. Pois você não auxiliará ninguém, muito menos a si mesmo, se seu coração não estiver limpo de ressentimento e sua luta contra "o outro" não for constante. O "outro", não preciso dizer, é você próprio. É o súcubo que, todos, temos dentro de nós; o ser calhorda, comprável com a moeda da mentira e da lisonja, que de repente adota a gratuidade como norma, por isso que a paixão é mais insaciável que o infinito aberto em cima. E a paixão não se vende nunca.

Cada poeta é uma coisa em si, mas todos os poetas devem o mesmo à Poesia: a própria vida. Há, o poeta, que queimar-se sempre e causar sempre mal-estar aos que não se queimam. Há que ser o grande ferido, o grande inconformado, o grande pródigo. Há que viver em pranto por dentro e por fora, de alegria ou de sofrimento, e nunca dizer "não" a ninguém, nem mesmo àqueles que optaram pelo não chorar. Há que também não ter o pejo do ridículo, da intriga ou da risota alheia. Quando Gide, ao ver Verlaine bêbado e maltratado, numa rua de Paris, por um grupo de jovens que o perseguiam e caçoavam com empurrões e doestos, contrariou voluntariamente o impulso de socorrê-lo preferindo deixá-lo entregue a um destino que sabia já traçado — que grande página deixou de escrever sobre a covardia humana, sobre o mal da disponibilidade e a tristeza do egoísmo! Verlaine, o pobre Verlaine, talvez dentre os poetas o que mais amou e sofreu...

Você, meu caro Jovem Poeta, que foi dotado de talento e de beleza, não tem o direito de negar-se ao seu martírio. Só ele pode tornar a sua poesia emocionante. Só ele pode salvá-lo do formalismo em que caem os que se recusam a estar sempre despertos. É preciso que todos vejam a luz que seu coração transverbera, mesmo coberto por bons panos. Não negue o seu olhar de poeta aos homens que precisam dele, mesmo tendo o pudor de confessá-lo. Abra a sua camisa e saia para o grande encontro!

1965

H₂O

Sete horas da manhã. Campainha na porta.

— Dez minutos de água, pessoal!

É a voz do seu Abel, o porteiro do meu edifício.

Água quer dizer banho. Há dois dias este corpinho só vê fricções de água-de-colônia. A ablução é um tanto ou quanto matinal demais, mas não há remédio: o homem é um escravo do quarto elemento, de que é ele próprio o composto químico: H-O-N-C. Os dois primeiros em combinação dão água: H_2O. É ela!

A correria é infernal, enche-se desde o tanque de lavar roupa até os copos da casa. A lavação da louça suja é feita a toda, como para ganhar um campeonato. Ouvem-se profusas descargas de latrina, torneiras escorrem ruidosamente, enchendo recipientes dos quais a banheira é o mais capaz. A barba é feita em dois minutos, havendo eu, muito de indústria, deixado pincel e aparelho adrede preparados. Depois vem o banho, às carreiras. Mas a verdade é que o tempo útil voa impressentido. Depois de bem ensaboado, o chuveiro começa a minguar assustadoramente, acabando por secar com um sinistro gorgolejo.

O nome feio anda pela casa, atravessa paredes, vai encontrar eco em outros apartamentos, desdobra-se até longínquos bairros, toma a cidade inteira. De repente todo mundo põe-se a berrá-lo em uníssono. Ele é a expressão viva da realidade carioca. Aliás, um grande general de Napoleão já o usara em circunstâncias talvez não tão dramáticas, mas com igual vigor. Um homem ensaboado não se pode dizer que valha por dois, porque é o ser mais infeliz e ridículo da Criação. Tem de se haver com o sistema da cuia. Seu corpo esfria, ele fica com um ar de pinto molhado. É absolutamente lamentável.

Ontem à noite, o café foi feito com água mineral. Ficou com um gosto meio velhaco, mas não há de ser nada. É de esperar, contudo, que o recurso não se tenha de estender ao próprio banho, porque com a mineral a Cr$ 180, e sendo necessários uns cem litros para encher uma banheira, sai cada banho a dezoito contos — o que torna a prática proibitiva para a classe média, ficando acessível apenas a uns poucos homens ricos e bem nutridos, que aliás devem ficar umas gracinhas dentro de um banho de água mineral, agitando os braços gordos e soltando milhões de borbulhas...

Janeiro de 1966

HINO CARIOCA

Na noite do dilúvio, tentando alcançar a pé minha casa, eu me senti bêbado e louco. Caía uma tromba-d'água do céu, e tão espessa que eu mal conseguia respirar. Minhas pernas venciam a custo a densidade da cheia, que me passava dos joelhos; mas eu prosseguia com raiva dos elementos desencadeados, com raiva da cidade passiva ante sua fúria. Caí e me levantei duas vezes imprecando nomes, desafiando o aguaceiro e sua mortalha de lama, querendo briga.

Seriam pelas quatro da manhã e eu me sentia menino e ao mesmo tempo o último herói do mundo. Era tudo vazio à minha volta, e eu não suspeitava a catástrofe que, naquele momento mesmo, se abatia sobre centenas de lares pobres nos morros, o pé-d'água varrendo casebres que se desfaziam caindo pelas encostas; gente a pedir socorro em plena queda; corpos esmagados de crianças e adultos a misturar seu sangue ao barro imundo. Eu seguia cheio de cólera e euforia, o olho atento aos remoinhos, aos movimentos suspeitos da água, ao chupo dos bueiros abertos, patinhando violentamente no lençol de chuva. Ao passar diante de uma garagem inundada, um velho crioulo guardador compreendeu minha luta e me animou:

— É para a frente que se anda...

Eu sorri para ele e sua carapinha branca:

— Fique em paz, meu irmão.

E pus-me a cantar cantos de guerra. Quando alcancei meu edifício, brandi meu punho para o alto. Não, não vai ser nem o ressentimento dos covardes, que cria as ditaduras, nem a fúria dos elementos, que gera as calamidades, que irão impedir o homem de chegar ao seu destino — ai dele! — mesmo sabendo de antemão perdida a grande e fatal partida em que foi lançado. Porque o destino dos homens é a liberdade: liberdade para amar, para optar e para criar; liberdade pura e integral, com a dramática beleza dos elementos desencadeados a que se sucedem céus azuis cheios de luz. Liberdade para viver e para morrer, sem medo. Liberdade para cantar seu canto rouco diante da carne translúcida das auroras. Liberdade para desejar, para conquistar o que não lhe é permitido pela estupidez das convenções e pela reserva dos bem-pensantes. Liberdade para ganir sua solidão ante o Infinito. Liberdade para suar sua angústia no Horto da dúvida e do desespero, e subitamente explodir seu riso claro em pleno Cosmos:

— A Terra é azul!

Esse é o grande destino do homem: remover os escombros criados pelo Ódio e partir de novo, no vento da Liberdade, para a frente e para cima. Que venham os tiranos, que o prendam e torturem, que caiam do céu bolas de fogo — e ele levanta-se, roto e ensanguentado, e com a força que lhe dá a Vida parte uma vez mais, em direção à Liberdade.

Vai, favelado, meu pobre irmão dos morros, enterra os teus mortos, remove teus escombros, ergue novos barracos de lama e podridão na perigosa vertente das favelas, recomeça tua vida de música e miséria, e depois toma umas cachaças e cai no samba. Carnaval vem aí, para te fazer esquecer teu destino de lama. Ele é a tua liberdade de três dias, até que recomeces a trabalhar, a roubar, a matar, a procriar na lama. Tens mais um ano à tua frente. Aproveita bem desse privilégio, porque ninguém pode prever se até o próximo verão uma nova frente fria vinda da Patagônia não vai encontrar uma grande formação de cúmulos-nimbos (ou será que estou dizendo bobagem, senhores meteorologistas?) e a cólera de Deus não vai querer cooperar com a obra de extinção sumária das favelas, tão ao agrado de certos arianos cariocas...

1966

UM ABRAÇO EM PELÉ

Eu ainda não tive o prazer de lhe ser apresentado, meu caro Pelé, mas agora, com o fato de termos sido condecorados juntos pelo governo da França — você no grau de Cavaleiro e eu no de Oficial: e mais justo me pareceria o contrário —, vamos certamente nos conhecer e tornar amigos. Ninguém mais que você merece tão alta distinção, sobretudo por ter sido conferida espontaneamente — pois ninguém mais que você tem levado o nome do Brasil para fora de nossas fronteiras. Da Sibéria à Patagônia todo mundo conhece Pelé; e eu estou certo de que você entraria fácil na lista das dez personalidades mais famosas de nossos dias.

Não posso disfarçar o orgulho que a condecoração me causa, embora seja, de natureza, avesso a honrarias; e orgulho tanto maior porque nela estamos juntos: preto e branco (as cores do meu Botafogo!) e também as cores irmãs de nossa integração racial. Sim, caro Pelé, nós representamos, em face da comenda que nos é conferida, o Brasil racialmente integrado, o Brasil sem ódio e sem complexos, o Brasil que olha para o futuro sem medo porque, apesar dos pesares, é bom de mulher, bom de música, bom de poesia, bom de pintura, bom de arquitetura e bom de bola. Particularmente por isso considero-me feliz de estar a seu lado no momento em que nos colocarem no peito a condecoração.

Que você tenha sido distinguido pela Ordem Nacional do Mérito da França, nada me parece mais natural. A França sempre deu um alto valor ao gênio, e você, meu grande Pelé, é um gênio completo, porque o seu futebol representa um reflexo imediato de sua cabeça nos seus pés. Eu não sou gênio, não. Eu tenho que pensar um bocado para que a mão transmita direito o que a cabeça lucubrou. Meus gols são mais raros que os seus. Você é com justa razão chamado o Rei. Quanto a mim, que rei sou eu?

Mas nada disso turva a satisfação que sinto em ser o seu Coutinho nesta nova investida do Brasil na área internacional. Parabéns, meu caro Pelé. Parabéns e o melhor abraço aqui do seu irmãozinho!

1966

CONVERSA COM CAYMMI

Sábado — o dia da Criação — cheguei ao Zum-Zum para fazer meu show com Caymmi e fui encontrar o baiano, como sempre, aboletado na copa, de papo com seus amigos, os garçons da boate. Paulinho Soledade, que eu desconfio fez o Zum-Zum (a dois passos de seu apartamento) muito mais para deleite próprio que do alheio (o que constitui um certificado de garantia), tem neste momento a melhor equipe de serviço da noite carioca: um pessoal que, desde o maître até o último garçom, é simpático, eficiente e devotado à casa. Adolfo, o porteiro, por exemplo, que acaba de perder o irmão e quatro sobrinhos no rolamento da pedra da rua Euclides da Rocha, está lá firme no seu posto, imerso em sofrimento mas nunca desatento: uma instituição da noite!

Caymmi anda no auge da forma. Com a chegada de Nana, a sua "oncinha", e dos netinhos, da Venezuela, o baiano está nos seus quintais. Tudo nele respira saúde moral e realização. Não fosse a ausência de seu caçula Danilo, o flautista, a quem Caymmi mandou numa excursão à Europa, e sua felicidade seria integral. Dori está se firmando cada vez mais como um dos jovens compositores mais importantes da última safra. E Stela, sua mulher, é aquele baluarte. De que mais precisa um homem?

Pedimos cada um um uisquinho, e eu disse a Caymmi:

— Você sabe, meu Caymmi, o que um bombeiro disse a meu filho Pedro? Simplesmente o seguinte: que tem uma pedra ali em cima do túnel da Barata Ribeiro, que pela sua tonelagem, se cair vai até a Nossa Senhora de Copacabana, fácil.

— Não me diga...

— Isso não é nada. Atrás de onde eu moro, ali na rua

Diamantina, ao sopé do Corcovado, tem uma outra pedra, que, essa, vai cair *mesmo*. Os bombeiros estiveram lá e já fizeram evacuar três edifícios de apartamentos que ficam na trajetória de sua queda. Ela deve pesar umas dez toneladas.

Caymmi considerou seu uísque.

— Pois é, seu poeta... Veja você... Tudo por causa *disto*.

E apontou com os olhos um jarro de água à sua frente. Depois, seu olhar baixou um instante e ele se deixou estar, pensando...

— Ela tem um ar tão inocente, mas não é? Tão fresca, tão clarinha... No entanto, ninguém sabe o mal que *isso* faz!

Olhou-me de soslaio, num sestro muito seu:

— É capaz de devastar uma cidade...

Novo olhar:

— Dá tifo...

Mais outro:

— É por essas e outras que Dorival Caymmi nunca põe água no uísque...

E bebendo uma golada do seu, puro e sem gelo:

— É, meu irmão... Água é fogo!

1966

BROTINHO INDÓCIL

A insistência daqueles chamados já estava me enchendo a paciência (isto foi há alguns anos). Toda vez era a mesma voz infantil e a mesma teimosia:

— Mas eu nunca vou à cidade, minha filha. Por que é que você não toma juízo e não esquece essa bobagem...

A resposta vinha clara, prática, persuasiva:

— Olha que eu sou um broto muito bonitinho... E depois, não é nada do que você pensa não, seu bobo. Eu quero só que você autografe para mim a sua *Antologia poética*, morou?

Morar eu morava. É danadamente difícil ser indelicado com uma mulher, sobretudo quando já se facilitou um bocadinho. Aventei a hipótese:

— Mas... e se você for um bagulho horrível? Não é chato para nós ambos?

A risada veio límpida como a própria verdade enunciada:

— Sou uma gracinha.

Mnhum-mnhum. Comecei a sentir-me nojento, uma espécie de Nabokov *avant la lettre*, com aquela Lolita de araque a querer arrastar-me para o seu mundo de ninfeta. Não, resistiria.

— Adeus. Vê se não telefona mais, por favor...

— Adeus. Espero você às quatro, diante da ABI. Quando você vir um brotinho lindo você sabe que sou eu. Você, eu conheço. Tenho até retratos seus...

Não fui, é claro. Mas o telefone no dia seguinte tocou.

— Ingrato...

— Onde é que você mora, hein?

— Na Tijuca. Por quê?

— Por nada. Você não desiste, não é?

— Nem morta.

— Está bem. São três da tarde; às quatro estarei na porta da

ABI. Se quiser dar o bolo, pode dar. Tenho de toda maneira que ir à cidade.

— Malcriado... Você vai cair duro quando me vir.

Desta vez fui. E qual não é minha surpresa quando, às quatro em ponto, vejo aproximar-se de mim a coisinha mais linda do mundo: um pouco mais de um metro e meio de mulherzinha em uniforme colegial, saltos baixos e rabinho de cavalo, rosto lavado, olhos enormes: uma graça completa. Teria, no máximo, treze anos. Apresentou-me sorridente o livro:

— Põe uma coisa bem bonitinha para mim, por favor?...

E como eu lhe respondesse ao sorriso:

— Então, está desapontado?

Escrevi a dedicatória sem dar-lhe trela. Ela leu atentamente, teve um muxoxo:

— Ih, que sério...

Embora morto de vontade de rir, contive-me para retorquir-lhe:

— É, sou um homem sério. E daí?

O "e daí" é que foi a minha perdição. Seus olhos brilharam e ela disse rápido:

— Daí que os homens sérios podem muito bem levar brotinhos ao cinema...

Olhei-a com um falso ar severo:

— Você está vendo aquele café ali? Se você não desaparecer daqui imediatamente eu vou àquele café, ligo para sua mãe ou seu pai e digo para virem buscar você aqui de chinelo, você está ouvindo? De chinelo!

Ela me ouviu, parada, um arzinho meio triste como o de uma menina a quem não se fez a vontade. Depois disse, devagar, olhando-me bem nos olhos:

— Você não sabe o que está perdendo...

E saiu em frente, desenvolvendo, para o lado da avenida.

1966

O AMOR EM BOTAFOGO

I / BRANCA

Eu conheci Branca no colégio público, tinha por aí meus sete anos. Era a Escola Afrânio Peixoto e ficava a meio caminho da rua da Matriz. Nesse tempo a gente se deslumbrava diante de uma borracha Faber, das grandes, boas não só para apagar como para morder. Não havia ainda cadernos verde-amarelos, com hinos transcritos nas costas, e se usavam pequenas ardósias que os alunos chamavam "a minha pedra", para a qual havia também um lápis, "o lápis de pedra", que riscava a superfície negra com um rinchado de arrepiar uma tartaruga.

Branca foi a minha primeira namorada. Morava na casa contígua à minha, na rua Voluntários da Pátria, lar de meus avós, para onde eu vinha da ilha do Governador, onde viviam meus pais, durante o ano letivo. A menina usava o vestido bem acima dos joelhos e tinha sempre um laço de cor no chinó.

No princípio não dei muita atenção a ela, por causa de duas meninas da minha classe que, embora não namorasse, me perturbavam por demais. Uma me dera um beijo um dia, em plena hora da comunhão, na matriz de São João Batista, onde oficiava o então padre Rosalvo da Costa Rego. A outra fazia composições lindas sobre o pôr do sol, que tocavam fundo o meu literatismo despontante.

Comecei a amá-la porque um dia, no portão de sua casa, minha mão encostou de leve em sua perna. Nunca mais esqueci essa sensação. Foi a coisa mais fresca, dúctil, lisa, benfazeja que jamais toquei em minha vida. Parecia uma imensa borracha Faber. E namorei-a apesar do seu sobrenome, que me envergonhava um pouco e prestava-se a uma porção de piadas por parte dos meninos (ela chamava-se Varanda), e de sua cor, pois Branca era quase pretinha. Branca me dava cola em história do Brasil.

Nunca mais pus a mão em sua perna.

II / NEGRA

Negra era linda. Andava como uma jovem pantera, o passo elástico desenvolvendo esferas no espaço em torno. Eu, sinceramente, não me achava merecedor dela e, de certo modo, até hoje me pergunto por que Negra me escolheu entre tantos outros garotos. Ela era um pouquinho mais alta que eu, e excedia em majestade. Qualquer coisa assim como se agora, por exemplo, Ursula Andress viesse ao Brasil e cismasse comigo.

Eu tinha um misto de vergonha e orgulho de sair com ela na rua. Sim, vergonha, porque os outros meninos a olhavam com cobiça e alguns até dirigiam-lhe gracejos. Ficava cego de raiva mas não fazia nada porque isso era a todo instante. Até que um dia Negra parou (foi ali na Sorocaba) e apontou para o grupo — uns três guris — que tinha mexido com ela, em termos mais pesados.

— Vai e dá neles!

E eu parti com tal raça que os meninos, depois de derrubado o primeiro, fugiram e ficaram nos vaiando de longe. Negra deu-me um rápido olhar de quem diz: muito bem! — e dando-me a mão partiu comigo: eu com náusea de estômago, como até hoje tenho depois que entro em cólera.

Negra sabia de mais coisas que o João. Levava-me para sua casa e bastava a mãe ou o pai saírem da sala, e a menina dava-me violentas "enxovas". Gostava de beijar como Greta Garbo, que era a rainha cinematográfica da época, ou seja, dando-me uma gravata e colocando meu rosto sob o dela. Aquilo me humilhava um pouco, mas também não vamos exagerar. Eu era vidrado por Negra e para mim tudo o que ela fazia estava perfeito.

Só sei que, como cheguei, me fui. Um verão ela subiu para Petrópolis, onde eu ia visitá-la às vezes, numa bela casa à margem do Piabanha. Certo dia cheguei lá e ela veio atender-me no portão:

— Eu queria dizer a você que já tenho outro namorado.

Voltei, no antigo trenzinho de cremalheira, lavado em lágrimas. Ah! Negra, por que você foi fazer uma coisa dessas comigo e me desprover assim do tato de seus cabelos louros, da sua boca gulosa e de sua pele mais branca do que a lua?

1966

CONTO DO DILÚVIO

O rapaz vinha contente pelo aguaceiro — ploct, ploct, ploct — na semiembriaguez em que o tinham deixado umas cachaças tomadas para cortar: um mulatinho bacano e desempenado, naquela idade em que só se olha para a frente. Levantara as calças até os joelhos e agora deixava a chuva bater-lhe livremente no rosto, tomado de euforia. Nunca tinha visto tanta água. Ficara um tempão preso na obra, tudo alagado em torno, mas a cachaça correra de mão em mão — ele pouco habituado — e de repente, com a cabeça em fogo, resolvera enfrentar o temporal — poxa! — senão ia perder a vez da Ritinha.

Ritinha era uma jovem prostituta do morro, menina de catorze anos que se achamegara por ele. Ela o esperava sempre embaixo da escadaria que cortava a encosta, para evitar confusão com os malandros que a requestavam. "Deixa eles comigo...", dizia-lhe o rapaz cheio de entono, gingando o corpo como quem vai se espalhar. Mas ela sabia que seu namorado ainda não dava pé para enfrentar a turma da pesada, e por isso arrumara aquele cantinho discreto, onde podiam se amar à vontade.

Ele a viu mesmo de longe, abrigada sob a pedra da encosta, e correu para ela — ploct, ploct, ploct, ploct — o mais depressa que podia, a mente cheia de desejo do seu amor fácil e sem compromisso. Teve apenas o cuidado de rodear de longe o grande bueiro aberto na rua, para onde as águas lamacentas eram tragadas em rápida e perigosa sucção.

— Pensei que você não viesse mais... — queixou-se ela, abraçando-o todo contra o coração.

— Ah! roxinha... Não foi mole não! Se o papai aqui não é muito safo, você hoje ficava sem a sua marmita...

E veio o amor violento sob a chuva, um a querer sugar o outro, ela no seu abandono de prostituta-menina, ele no ardor de seus verdes anos, acrescido da embriaguez do álcool. E a tromba-d'água caía em torrente sobre seus jovens corpos se amando na lama, lavando-os das impurezas da vida no morro. E depois veio a paz.

— Vou te levar pro teu barraco — disse-lhe ele, agradecido.

— Que barraco? Não tem mais barraco nenhum não...

— Como é que não tem mais barraco?

Ela deu de ombros:

— A pedra rolou ontem de madrugada e acabou com tudo.

O rapaz ergueu o corpo a meio, para olhá-la melhor. Só então notou grandes manchas de sangue por baixo da lama que a cobria.

— Quer dizer que você não tem mais onde morar?

Ela levantou-se, apoiando-se nele:

— Tenho. Só agora é que eu tenho mesmo onde morar. Você chama morar àquele barraco imundo que eu tinha, onde eu vendia meu corpo por um dólar de maconha?

Depois, desprendendo-se dele, deu alguns passos em direção à rua cheia, onde a água turbilhonava:

— Eu só voltei para não faltar ao nosso encontro...

E caminhando rapidamente para o sumidouro, gritou-lhe:

— Desde ontem eu moro aqui.

E tapando delicadamente as narinas com os dedos sujos de sangue e barro, deu um gracioso saltinho para dentro do bueiro e desapareceu.

1966

COBERTURA NA GÁVEA

Todo mundo, como eu, devia ter uma cobertura. Pois ter uma cobertura significa ser Capitão de Imóvel, ter uma ponte de comando de onde observar a vida, e às vezes a morte, nos imóveis de menor calado, sempre de olhos baixos ante vosso orgulhoso gabarito. Significa poder espraiar a vista sobre o grande mar urbano, a conter em casas e apartamentos o amor que se debruça para fora das janelas, em busca de comunicação. Ter uma cobertura significa dominar; não dominar como o fazem os ditadores e os tiranos: dominar com os olhos — e também em tristeza e solidão. Significa ver sem ser visto, desvendando a rápida nudez de moças em flor a caminhar em seus aposentos: e amá-las quase sem desejo.

Em verdade, coisa bela é ser dono de uma cobertura, e poder ficar em intimidade maior com a noite, mais próximo do céu, em colóquio com as estrelas, nessa vaga embriaguez que provoca a mirada do infinito. E poder sentir a palpitação noturna da vida nas luzes acesas dentro das casas, a insinuar uma precisão de paz em meio ao grande conflito humano. Ter uma cobertura representa ser montanhês na planície dos homens e das coisas; respirar o ar menos poluído do complexo urbano; poder falar, ouvir música e amar alto e bom som, sem a preocupação de incomodar o próximo.

Sim, todo mundo, como eu, devia ter uma cobertura na Gávea com um belo terraço, de onde se descortina ao norte o Pão de Açúcar; ao sul o Hipódromo; a leste a réstia luminosa de Ipanema e a oeste o Corcovado — o Cristo de costas, discreto, inatento. Ter, sobretudo, uma cobertura sem grandes luxos, simples, sincera, pintada de branco e de teto baixo na qual se possa ir e vir com um ar de comandante satisfeito com o seu barco.

Hoje posso olhar à minha volta para esses amplos espaços que me cercam, para a reserva florestal que enche de verde o meu escritório e o meu quarto, e dizer-me com orgulho: sou um homem rico!

Na realidade, de que mais preciso?

Proprietário de poemas e canções, senhor de uma mulher e uma paisagem, dono de minha vida e minha morte — não serei eu por acaso o homem mais rico desta Terra?

Janeiro de 1966

IEMANJÁ DO CÉU

Domingo, quando te vi cheia no céu, sobre a lagoa — e nunca te vira assim tão cheia —, juro que morri de ciúmes, bem-amada. Já não eras mais moça. Os olhos mecânicos de Lunik 9, pousado sobre o teu corpo, fotografavam-te em tua desnudez. Ai de mim, já não eras só minha. Nunca mais os doces colóquios noturnos, só tu e eu, e o Infinito recolhido em silêncio para o nosso amor. Nunca mais os grandes êxtases solitários, tu transtornada de paixão, a descobrir só para os meus olhos as partes mais pudendas do teu luminoso corpo. Nunca mais os grandes delírios declamatórios, versos desvairados a partir de mim para os teus espaços.

Nunca mais, porque eu estava certo de que, embora os pretendentes fossem muitos, o único mesmo era eu. Eu era o teu eterno poeta, o menestrel da tua melancólica beleza, o sacerdote máximo do teu culto. Representavas para mim a Iemanjá do Céu, a deusa de cuja pele branca irrompe luz, a uiara do canto merencório e ausente, cuja música envolve e atrai os pescadores do verbo. Tua cabeleira de prata estendia-se no Cosmos, vinha envolver minha tristeza com sua mansa claridade. Às vezes, virgem demente, parecias me provocar. Sacavas da treva teu divino seio e o suspendias, alabastrino, para a minha contemplação, como o faria uma menina pervertida com um homem prisioneiro, apenas para aumentar seu sofrimento, levá-lo aos abismos da loucura.

Ou te deixavas, lua menina, reclinada em tua rede branca, a me fazer juras de amor para sempre, tua voz sussurrante soando nos claustros do meu silêncio, a me dizer que era melhor assim, de longe, de bem longe, no módulo mesmo do mistério: que eu tivesse paciência, pois eras em verdade minha, mais do que de qualquer outro poeta ou trovador, porque só para mim te movias, lua nova, alteando os quartos do minguante para o crescente, do crescente para o plenilúnio, em virginal despudor. E era como se eu te possuísse e fecundasse ao longo de tuas fases, e só para mim retornavas — eu que mais que nenhum outro havia sido o teu poeta e fiel cavalheiro; eu que sobre ti dissera as palavras mais lindas e sentidas; eu que descobrira antes que ninguém que és neta de Oxum, Filha do Mar, ilha da Terra boiando no Universo: feita na mesma combustão que criou minha matéria; que és, enfim, Iemanjá do Céu, a sereia luminescente do olhar verde prata, que atrai com seus inaudíveis cantos hialinos os poetas que tiveram a temeridade de olhar para o Infinito.

Sim, senti ciúmes de ti, lua mulher. Senti ciúmes porque já agora, em algum lugar no teu mar das Tormentas, um pequenino Robô terrestre pesquisa com olhos cobiçosos a superfície branca do teu ventre. E mais ciúmes senti ainda porque, ao ver-te domingo sobre a lagoa, soube que te havias dado ao jovem conquistador. Estavas rósea de vergonha, lua cheia, e mantinhas os olhos baixos para não fixar os meus.

Pobre de mim, que fazer? Aos cinquenta anos, como competir com o atlético e ousado Lunik que venceu mais de trezentos mil quilômetros para te conquistar, com risco de sua própria estrutura? Não viste com que delicadeza pousou ele sobre teu corpo, que os cientistas pensavam recoberto de uma espessa camada de poeira, mas que, ao contrário, leva apenas uma fina e perfumosa mão de talco lunar? Não, ao poeta resta apenas reconhecer que, doravante, terá que repartir teus encantos com os homens da Técnica. Mas o que ninguém sabe é que quem te colheu fui eu, "porque eu fui o grande íntimo da noite, colei minha face na face da noite e ouvi a tua fala amorosa"...

Por isso não pensem os soviéticos que Lunik foi...
l'unique. Único uma ova! Antes dele já o poeta brasileiro
havia "passado a lua na cara" em boas condições. Leiam a
balada "O poeta e a lua", em sua *Antologia poética*, e depois me digam...

E ainda me vêm com essa banca de Lunik...

L'unique... aqui, ó!

Fevereiro de 1966

POSFÁCIO

O LADO B DAS PAIXÕES
BEATRIZ RESENDE

Vejo de minha janela uma nesga do mar verde-azul de Copacabana e me penetra uma infinita doçura. Estou de volta à minha terra...[1]

Diante do título dado por Vinicius de Moraes à primeira edição, publicada em 1966, do livro de crônicas *Para uma menina com uma flor*, o leitor incauto talvez espere se defrontar com uma coleção de escritos líricos, de textos leves capazes de seduzir jovens leitores, estudantes sonhadores a entremear a leitura com suspiros românticos. Todos estes personagens serão cativados pelo volume, não há dúvida, mas o que aqui se encontra vai muito, muito mesmo, além de tal repertório.

O livro reúne textos publicados em revistas e jornais em duas fases da vida do escritor. A primeira se inicia com "Inocência", de 1941, publicada em *Sombra*, bem no começo de sua contribuição com textos em prosa a periódicos cariocas, e vai até 1953. Seguem-se escritos destinados a outras publicações, como o jornal *Última Hora*, de sucesso e influência, e *Flan*, também de Samuel Wainer, que, ao ser lançado em 1953, provocou a fúria eterna de Carlos Lacerda, proprietário da *Tribuna da Imprensa*, diante de mais esta possibilidade de seu jornal perder leitores. Durante parte desse período a Europa vive a Segunda Guerra Mundial e Vinicius nos mostra que o Brasil pertence ao mundo que sofre com uma tragédia de tais dimensões. As meninas de que fala em 1944 não são os brotos de nossas praias, mas as meninas sozinhas, perdidas e errantes pelas ruas de Varsóvia, Berlim ou

---

1 Abertura da crônica "Minha terra tem palmeiras...", de Vinicius de Moraes.

Xangai. Ansioso, faz planos para quando chegar o fim do conflito em "Depois da Guerra", publicada no mesmo ano. A segunda fase, com crônicas originalmente publicadas na revista *Fatos e Fotos* e no jornal *Última Hora*, vai de 1964 a 1966. O tal 1964, segundo o poeta, foi um ano bissexto arrenegado, "ano ruim, ano safado, ano assim nunca se viu".[2] Apesar de perceber que começávamos a viver um momento de "tanto estorvo pro Brasil", essa parte do volume se inicia com a crônica que dá nome ao livro, escrita para a musa oficial daquela etapa da vida, Nelita, a quem o livro é dedicado. O namoro com a jovem estudante de vinte anos começou quando Vinicius ainda vivia o casamento imediatamente anterior. Rapidamente toma rumo rocambolesco, incluindo fuga para a Europa, e, depois de passagem por Roma e Túnis, onde a sempre solidária Susana de Moraes os recebe, completa-se com casamento vivido em Paris. Em 1966 o casamento já sofria inevitável desgaste que leva à separação em 1968. Assim como mandava flores depois de aprontar alguma, Vinicius fazia poemas ou crônicas como forma de sedução. Para a companheira, o problema maior era que aquelas demonstrações de sua infindável capacidade de amar — mas amar em liberdade, como disse certa vez — fascinavam não apenas aquela a quem dedicara seu escrito, mas todos e especialmente todas que partilhavam de tais efusões públicas. E lá vinha mais um casamento. Ficou o título do volume, pois, como diz o poeta em outra crônica, "para o homem apaixonado, a mulher amada é o centro do mundo e da atenção geral".

Toda essa digressão biográfico-sentimental está aqui para mostrar que este texto, em particular, é uma espécie de *crônica de circunstância*, no sentido em que Eucanaã

---

2 Trecho da crônica "Toadinha de Ano Novo".

Ferraz fala dos *poemas de circunstância*.[3] E se a poesia de Vinicius de Moraes assume vários tons, citando ainda o autor da "curadoria chinesa"[4] de sua obra, também são múltiplos os tons de seus escritos em prosa.

Neste volume estão crônicas, segundo a classificação tradicional que o gênero recebe, assim definido sobretudo pelo formato que lhe atribui o suporte a que está visceralmente ligado, o periódico impresso, mas também outros tipos de narrativas, inclusive contos e, entre eles, alguns da espécie pouco comum entre nós que é a da literatura fantástica, como o "Conto do dilúvio" ou o "Conto carioca", onde a morte transfigurada em mulher pega carona num Cadillac novo a caminho do cemitério. Já "Chorinho para a amiga" toma ares de poema em prosa, com sofisticada melodia interna.

Merece destaque o importante exercício de teoria literária que é "O exercício da crônica", momento raro de definição deste que foi por tantos e por tanto tempo considerado um gênero menor, manifestação pouco canônica a frequentar quase à força o panteão de nossa literatura. Partindo das origens com os *essayists* ingleses do século XVIII, que praticaram o ofício "com um zelo artesanal tão proficiente quanto o de um bom carpinteiro ou relojoeiro" (também Machado de Assis cronista comparava-se a um relojoeiro), conclama colegas que se deixam levar pelo exercício da crônica reticente,ególatra, vaga ou temperamental a profunda meditação sobre a função deste instrumento de grande divulgação que é, para ele, o coração do jornal. E afirma, do alto de sua rara erudição:

---

3 Eucanaã fala de poemas que "apontam para uma graça e um aparente descompromisso que os definiriam como *poemas de circunstância*: breves retratos (ou não tão breves) que se esgotariam no tempo do acontecimento ou no estreito circuito da relação interpessoal que o poema põe em foco". In "Simples, invulgar". Posfácio a MORAES, Vinicius de. *Poemas esparsos*. Seleção e organização Eucanaã Ferraz. São Paulo: Companhia das Letras, 2008, p. 167.

4 Expressão de Susana de Moraes sobre Eucanaã Ferraz.

A crônica é matéria tácita de leitura, que desafoga o leitor da tensão do jornal e lhe estimula um pouco a função do sonho e uma certa disponibilidade dentro de um cotidiano quase sempre "muito tido, muito visto, muito conhecido", como diria o poeta Rimbaud.

Como acontece com cronistas de prática constante, o espaço ocupado no jornal serve também como uma espécie de diário e para lá são transportadas matérias que frequentam sua correspondência ou inspiram suas músicas. Ficamos sabendo que foi para Nelita, a menina com uma flor, que escreveu a canção "Minha namorada", incorporada ao musical que criou com Carlos Lyra, *Pobre menina rica*, e que durante o jantar do Natal de 1963, em Paris, foi gestado o melhor de sua parceria com Baden Powell.

Em outro momento, a crônica surge como criação paralela à poesia. É assim em "Dia de Sábado". Da cotidianidade privada que o jornal tornará pública, o cronista afirma, entre outras ocupações que fazem daquele um dia especial, que:

> Porque hoje é Sábado, desejarei escrever novamente o poema sobre o dia de hoje, sentindo a antiga perplexidade diante da palavra escrita em poesia, e, como dantes, levantar-me com medo da coisa escrita e ir olhar-me ao espelho para ver se eu era eu mesmo...

A repetição enfática é o mesmo refrão que tornou célebre o poema "O dia da Criação".[5]

[...]
Neste momento há um casamento
Porque hoje é sábado

---

5 MORAES, Vinicius de. *Nova antologia poética*. Seleção e organização Antonio Cicero e Eucanaã Ferraz. São Paulo: Companhia das Letras, 2008, p. 94.

Há um divórcio e um violamento
Porque hoje é sábado
Há um homem rico que se mata
Porque hoje é sábado
Há um incesto e uma regata
Porque hoje é sábado
Há um espetáculo de gala
Porque hoje é sábado

e assim por diante.

É ainda nas crônicas que memórias são passadas a limpo, seja a viagem a Ouro Preto um ano antes da Guerra, conferindo com Rodrigo M. F. de Andrade o patrimônio nacional, ou um batizado na igreja da Penha. Dos anos de formação do poeta, antes de "escrever como nunca dantes, liberto de métrica e rima", é lembrado o grupo de católicos que marcou o início do modernismo carioca, com surpreendente sinceridade: "Nós éramos todos 'de direita'. Torcíamos pela vitória do fascismo e líamos Nietzsche como quem vai morrer".

Se muitos são os tons ou formas destes seus escritos em prosa, um tema porém se impõe como dominante, a cidade do Rio de Janeiro, por vezes espécie de gávea de onde observa terras que se aproximam ou se afastam, em outros momentos lugar de origem de onde não se pode descolar.

Sabemos que há entre a crônica e o Rio de Janeiro uma simbiose inexplicável. Seja nos dourados dessa prática jornalística, do início da década de 1950 até 1968, quando o Estado autoritário a sufoca, porque sem liberdade e democracia o cronista não consegue criar, seja em sua volta pujante de meados de 1980 até hoje, é no Rio de Janeiro que a crônica é especialmente praticada. Pode até viajar para jornais de outras partes do país, mas é na antiga capital que encontra seu lócus ideal. Isso não quer dizer que estes cronistas do Rio aqui tenham nascido. Bem ao contrário, quase todos trouxeram de Minas, do Espírito Santo, de Pernambuco, do

Rio Grande do Sul suas habilidades. Na moderna tradição do gênero, duas exceções se destacam como cariocas de nascimento: Sérgio Porto e Vinicius de Moraes. Mas foi Vinicius mesmo quem disse que ser carioca é antes de mais nada um estado de espírito.

Vinicius não cantou em prosa a cidade mais do que o fizeram Carlos Drummond de Andrade ou Rubem Braga. No entanto, ao mapear obsessivamente a cidade, o faz com um pertencimento, uma intimidade e por vezes uma culpa que traz marcas peculiares: "na minha qualidade de poeta — e carioca! — sinto-me de certa maneira responsável pelo que está acontecendo".[6]

O Rio de Vinicius é aquele que mostrou ao mundo com a peça *Orfeu da Conceição*, de onde saiu o filme *Orfeu negro*, é o Rio onde surgiu a bossa nova e que ele ajudou a se encontrar com o jazz, é a Ipanema com sua garota, é o Rio do encontro com o "brotinho indócil", é o Rio de convívio com amigos e parceiros: Manuel Bandeira, Jayme Ovalle, Schmidt ("Ele era poeta como quem se afoga"), Antonio Carlos Jobim, João Gilberto, Zé Kéti e o Opinião, Zicartola e Nara Leão, Otto Lara Resende e Antônio Maria. Um Rio que, já desprovido de sua condição de capital, ainda guardava um espírito cosmopolita capaz de influenciar modas e costumes.

O que surpreende neste volume, porém, é o lado B que Vinicius não hesita em pôr nas páginas de um cronista que, segundo ele mesmo, devia ser claro e preciso mas nunca pessimista. Esse outro Rio é a cidade onde a falta d'água, democrática, atinge todos os bairros, é o Rio dos bondes que o poeta partilha com o pingente que despenca, dos operários — "homens cor de cimento" — que constroem mais um arranha-céu, das enchentes que apressam a extinção de favelas, obra "tão ao agrado de certos arianos cario-

---

6 Crônica "Um taradinho de quatrocentos anos".

cas", como denuncia, ciente da perversidade da autoritária política de remoção.

Fica claro que não foi bem a vida noturna de Vinicius que o fez indesejado do Itamaraty nos anos do regime autoritário quando lemos em "Hino carioca", de 1966:

> Vai, favelado, meu pobre irmão dos morros, enterra os teus mortos, remove teus escombros, ergue novos barracos de lama e podridão na perigosa vertente das favelas, recomeça tua vida de música e miséria, e depois toma umas cachaças e cai no samba.

O Rio de Janeiro do poeta é também o dos barracões infectos com cheiro de miséria, o Rio da Praia do Pinto. Praia do Pinto? Vale parar um momento, ler e reler este texto de maio de 1953 e refletir sobre o que diz a historiadora Margarida de Souza Neves quando mostra que a crônica, como a história, pode ser lugar de memória e ensinar ao historiador a lição de coisas que se perdem na voragem dos dias.

Muitos dos leitores contemporâneos já não sabem que, em meados do século passado, no tão valorizado bairro do Leblon, ali onde hoje se acumulam prédios em área a que a população irreverente deu o nome, em evocação a telenovela da época, de Selva de Pedra, entre os prédios à beira-mar e a Lagoa de cartão-postal, existia uma favela: "praia dentro de outra, uma praia de fome, sujeira e lama, e ela se chama Praia do Pinto". É o cronista quem nos lembra o que existia antes que criminoso incêndio tudo destruísse:

> São centenas de casebres sórdidos, a abrigar milhares de seres humanos, cuja única diferença de mim é a pele negra, negra talvez para esconder melhor o próprio sofrimento na treva povoada de moléstia, molejo de mulher e música malemolente.

Neste e em outros momentos, revela-se neste volume de

título tão inocente a forte personalidade de um cronista que imprimiu a tudo que criou uma emoção incontrolada, uma franqueza quase desmedida, um destemor de se dar a conhecer sem qualquer medo do que jornais ou outros veículos faziam circular pela esfera pública de opinião.

Se houver dúvida, voltem à emocionante "Morrer num bar", escrita na manhã em que explodira o coração de outro cronista, Antônio Maria, que fizera de Vinicius um de seus personagens favoritos. Pelo jornal que o leitor carregava sob o braço no dia 15 de outubro de 1964 corriam ainda as lágrimas que, despudorado, o cronista confessara chorar, "embaçando a vista do teclado onde escrevo estas palavras que nem sei o que querem dizer".

ARQUIVO

PREFÁCIO À 1ª EDIÇÃO*
VINICIUS DE MORAES

As crônicas constantes deste livro cobrem um quarto de século de atividade jornalística do Autor. Estreou ele em jornal um ano antes da primeira aqui transcrita ("Inocência", 1941) e as últimas já são resultado de seu atual labor como cronista diário em *Última Hora*.

O critério cronológico impôs-se a fim de que o leitor sinta melhor o caminho do poeta disfarçado em cronista ao longo desses cinco lustros de vida e jornalismo, que vêm da Segunda Grande Guerra até as calamidades públicas da presente conjuntura.

O poema "A brusca poesia da mulher amada" dele faz parte como oferenda especial àquela a quem o livro é dedicado, minha mulher Nelita, ou seja, "a menina com uma flor". À minha jovem secretária e amiga Ana Maria, que me ajudou com zelo e inteligência a escolher e arrumar esta coletânea, um carinhoso abraço.

Rio de Janeiro, fevereiro de 1966

---

* Rio de Janeiro: Editora do Autor, 1966.

PELO DIA DE SEUS ANOS*

VINICIUS DE MORAES

Andando em câmara lenta
Nelita vem pelos campos
Cantando, cantando a nênia
De seus vinte e cinco anos.
Vem distraída e morena
Em meio a mil pirilampos
Que fingem velas acesas
Pelo dia de seus anos.
A lua também parece
Um bolo deste tamanho
Enfeitado de estrelinhas
E o creme de nuvens brancas.
O campo todo recende
De jasmins e agapantos
E um cheiro de folha verde
Que sopra de vez em quando.
Posto pareça serena
Nelita tem a alma em prantos
Por achar-se longe dela
O poeta que ela ama tanto.
A Noite, também morena
Como ela, pensa em seu amo
Com quem vive, a duras penas
Num desencontro constante.
Assim é que lá vão elas
No rastro do eterno amante
O Sol do amor que caminha

*Poema inédito em livro, publicado no *Suplemento Literário de Minas Gerais*,
20 de abril de 1968.

Sem sair do mesmo instante:
Ambas lindas e morenas
Cada qual com mais encanto
E a diferença de apenas
Uns poucos milhões de anos.

Ouro Preto, 7/3/1968

O NEOUFANISMO DE VINICIUS*
ENTREVISTA A ODACIR SOARES

Ele voltou da Europa dizendo que temos as mais belas mulheres do mundo e a felicidade de não possuir grandes filósofos e pensadores.

Vinicius de Moraes chegou ao Brasil de navio, ainda a tempo de se encontrar com o Presidente Léopold Sédar Senghor, do Senegal, que pedira ao Itamaraty a sua presença, no Rio, dizendo tratar-se de um seu irmão em letras, um "poeta da mesma cosmogonia". O encontro entre os dois foi cordial. Senghor partiu e Vinicius ficou. Está cheio de planos, borbulhante de ideias, que envolvem o mundo da poesia, da música popular e do cinema. Numa entrevista exclusiva ele expõe o que pretende e o que não pretende fazer nestes próximos meses.

Como encontrou o Brasil?
Lindo. Desde a costa norte comecei a ser bafejado por uma doce brisa marinha, e quase instantaneamente todas as mulheres a bordo ficaram mais bonitas. Também, era preciso, porque é difícil reunir um bando maior de mulheres feias do que as que vinham no navio. Tirante uma senhora brasileira da 1ª classe, e duas estudantes patrícias da 3ª, o resto era esteticamente lamentável. Fixei-me no bar da popa, no centro exato do navio, de frente para noroeste, e fiquei tomando o meu Haig's ao preço de Cr$ 600,00 a dose, a pensar nos problemas da decomposição ocidental e nas possibilidades ilimitadas do nosso país, onde se está crian-

*Publicada na revista *Manchete*, 18 de setembro de 1965.

do um novo humanismo, e onde existe, apesar do atual de-do-durismo, uma real fraternidade. O Brasil é um país bastante parecido com o ser humano, com crises alternadas de pureza e de mau caráter. Se esse negócio do petróleo em Sergipe for mesmo para valer, como diz você na sua reportagem da semana passada, então, meu caro, não há quem possa conosco. Sobretudo se, como parece, o país está realmente esfriando, do ponto de vista climático, o que estimulará bastante a capacidade de trabalho. E estejam os políticos à altura do país e do povo que têm, e estou certo faremos em cem anos o que a Europa fez em séculos. Senão veja: temos, fora de qualquer dúvida, as melhores mulheres do mundo, do ponto de vista físico, afetivo e psicológico. Nossos arquitetos nem dão confiança, hoje em dia, aos europeus e americanos. Tenho o orgulho de dizer, depois deste período em Paris e um mês na Itália, que nossa música popular está tão mais avançada que as demais que não tem nem graça. Não existe na Europa um compositor da categoria de Antonio Carlos Jobim, e pelo que tenho ouvido da atual música americana, nos Estados Unidos também não. Nossos maiores poetas, como Bandeira, Drummond, João Cabral e Cecília estão à altura dos melhores de qualquer país. Nossa comida é divina. Sem falar nos pratos extraordinários, que também os temos, o nosso trivial é o mais gostoso de quantos tenho provado pelo mundo. E temos a felicidade de não possuir grandes filósofos e pensadores, graças ao nosso temperamento afetivo e moldável. Possuímos a dialética do coração. Não fomos feitos para matar, nem para possuir mais do que temos necessidade. O excesso de riqueza nos entristece. Ora, com casa para morar, música para ouvir, poesia para ler e ajudar a viver, comida gostosa para comer, boas mulheres dando amor e filhos, fazendo feijoadas e vatapás fabulosos — francamente, que é que nós queremos mais? Os países europeus se endureceram em guerras terríveis, perderam a alma e se estão saturando de uma cultura que já me parece mofada e sem garra. Nós temos tudo pela frente e se tivermos cabeça bastante para não deixar que o progresso material e tecnológico mate a nossa alma e a nossa sensibilidade, e teremos em meio século o país mais cheio de bossa do mundo. Porque, digam o que disserem, a bossa é tudo!

E o Rio, Vinicius? Como encontrou a sua cidade?
Ah, linda também! O Rio parece uma mulata de Di Cavalcanti, uma linda mulata lunar deitada nua, recostada nos braços, toda rodeada de coxins verdes, sem recato no corpo mas cheia de pudor nos olhos — que, no entanto, pedem. É a minha cidade bem-amada.

E seus projetos?
Pobre menina rica é o meu projeto número um. Quando estive em Cannes, para o Festival de Cinema (e que grande filme o do nosso Glauber Rocha), tentei comunicar-me várias vezes com Brigitte Bardot em Saint-Tropez, mas inutilmente. Depois, em Paris, consegui falar com Bob Zaguri, mas ele me deu a entender que não se quer meter na vida profissional de BB. No que, aliás, muito bem obra. Tenho uma produtora forte, em Paris, muito interessada na história. Se Brigitte Bardot for a pessoa que eu acho que ela é, creio que aceitará fazer o filme, porque o papel é ótimo para ela, e sua popularidade (não digo sua popularidade "pessoal", mas em face da bilheteria) está em declínio, depois de seus dois últimos filmes, sobretudo *Une ravissante idiote*, que não sei que título teve aqui. Há condições muito favoráveis para que ela aceite. Sei que está querendo fazer uma comédia musicada, e a sua atual paixão pelo Brasil, por Búzios, ou melhor, por Bob Zaguri, é também um elemento muito ponderável. O diretor Louis Malle, que é muito meu chapa, vai dirigi-la agora, ao lado de Jeanne Moreau, no México. Meu projeto é o seguinte: vou mandar para ele, em

fita magnética, uma espécie de *trailer* da comédia musicada, à base de uma narrativa em francês entremeada com os números musicais que aproveitarei do disco que meu parceirinho Carlos Lyra acaba de gravar. Acho que se Luizito Malle conseguir sentá-la para que ela ouça a história e a música, ela se interessará, porque é uma mulher espontânea, independente e tem sensibilidade musical.

Que é que você considera mais importante no seu livro Roteiro lírico e sentimental da cidade de São Sebastião do Rio de Janeiro, onde nasceu, vive em trânsito e morre de amor o poeta Vinicius de Moraes?
Justamente a relação do poeta com a sua cidade, considerada esta como a arena em que ele lutou com a vida, onde foi feliz e infeliz, onde amou e foi amado, onde descobriu seu verbo próprio e deu de comer diariamente à morte. Foi a namorada tijucana, a infância em Governador, os infindáveis passeios com os primeiros amigos ao longo da orla marítima (vínhamos toda noite da cidade à Gávea, descobrindo o mundo da inteligência e das palavras), as primeiras violências, os primeiros êxtases, as primeiras lágrimas de amor. É a topografia lírica e sentimental do poeta carioca.

Quando fez os sambas inéditos que trouxe?
O primeiro, "Formosa", foi feito no dia de Natal no ano passado, em meu apartamento em Paris, pouco antes da chegada de uma porção de amigos brasileiros que vinham comer um peru que eu havia feito, entre os quais os pintores Carlos Scliar e Ivan Marquetti, os diplomatas Celso de Souza e Silva, David Silveira da Mota, Geraldo Silos, Gilberto Chateaubriand Bandeira de Melo, o poeta e crítico Almeida Sales, que foi um excelente adido cultural em nossa embaixada em Paris, o homem de negócios (e de espírito) Jorgito Chaves e muita gente mais. Baden Powell tinha feito a música pouco antes e eu, entre idas à cozinha para

ver como ia o peru, fui fazendo a letra, o samba funcionou plenamente, até altas horas. Nessa mesma noite, depois da partida dos amigos, Baden me disse que tinha marcado um encontro com a morte de seu pai, que se dera justamente um ano antes, e pediu-me para pôr letra numa canção que fizera para o seu "velhinho" desaparecido. A canção era de um patético extraordinário. Sentei, e com a ajuda do champanhe, fiz as palavras. Nem preciso lhe contar a choradeira que foi. Fiquei me lembrando também de meu pai, morto há já 14 anos, e o chorador geral se abriu. Foram lágrimas boas, de saudade. Até Nelita, minha mulher, que tem pai vivo, entrou na pranteação, lembrando que o dela podia morrer um dia. Mas esse não morre tão cedo não, porque é baiano e comedor de pimenta. Agora, pouco antes de vir, fiz também com Baden um samba novo que acho que vai ser um estouro: "Até o sol raiar". Quero dá-lo ao meu querido Ciro Monteiro, para que ele mande brasa, com um lindo coro de pastoras.

Já tomou banho de mar e saiu pela noite?
Banho de mar ainda não. Engordei cinco quilos a bordo, na imobilidade em que me deixei, e estou com uma cintura que até parece a negra do acarajé. Tomarei, depois da dieta. A noite, também ainda não vi. Vocês, jornalistas, ainda não deixaram.

Como recebe os cabelos brancos? Sente tristeza?
Mais com os do peito.

E o seu parceiro Antonio Carlos Jobim, ficou contente com a sua volta?
Ficou contente oito Pilsen Extra.

Acha que Sacha Distel foi culpado da bossa nova não ter pegado em Paris?

Foi. E o pior é que foi culpado por excesso de amor. Distel ficou louco com a nossa música e quis lançá-la em grande estilo, mas cometeu o erro básico de não ter usado o material autêntico, e também não ter importado bons instrumentistas, sobretudo na bateria. Os instrumentistas franceses são músicos tecnicamente perfeitos, mas não têm "balanço". Depois, para aproveitar a onda comercial, cometeu a bobagem de compor ele próprio sambas de bossa nova, inclusive um plágio um pouco violento demais do "Bim bom" de João Gilberto. E quis inventar também uma dança para a bossa nova, quando a dança da bossa nova é o próprio samba: não há outra. Ora, o público não é tão burro quanto se pensa. Ouviu aquela "quadradice" toda e reagiu normalmente. Tanto assim que agora, na ofensiva que Baden e eu fizemos em Paris, evitamos cuidadosamente o rótulo bossa nova. Exatamente o contrário do que se passou nos Estados Unidos, de resto um país com muito mais musicalidade do que a França, no setor da música popular. Stan Getz, que me parece o músico americano que melhor absorveu o espírito da bossa nova, cercou-se logo do que temos de melhor. Daí o estouro de "Garota de Ipanema". Nós, os amigos mais íntimos de Astrud, sabíamos desde sempre que ela canta "o fino" — mas foi preciso um músico arejado como Getz para lançá-la nas devidas condições, e acontecer o milagre fulminante de sua nova carreira.

Baden Powell vai bem?
Muito bem. Seu sucesso em Paris foi considerável. Gravou um LP para a Barclay, que é uma das melhores etiquetas da França, e teve grande êxito no restaurante A Feijoada. As paredes estão cheias de autógrafos que valem milhões, de escritores, músicos, artistas de cinema e de teatro que foram vê-lo. E sua estreia no difícil Olympia foi qualquer coisa! Apareceu sozinho, com aquele arzinho modesto que tem, diante de um público quase que totalmente yé-yé, e

depois dos primeiros acordes quase se podia palpar o silêncio que se foi fazendo, em ondas concêntricas. No final, absoluto, ainda deu, de lambujem, um solo de Chopin. A casa veio abaixo.

Você vai escrever o argumento de um filme sobre a vida de Rimbaud?
Vou. O projeto está bem articulado, em Paris. É um velho sonho meu, que vem de 1957. Queria fazê-lo, nessa ocasião, com Gérard Philipe no papel-título, e cheguei a sondá-lo sobre o assunto. Mas ele partia para a Holanda, a fazer o seu *Till l'Espiègle*, com o cineasta e meu querido amigo Joris Ivens, e a coisa foi adiada. Depois eu parti para o Brasil, e ele para mais longe. Quem está no momento tomando conta do assunto é a também muito querida amiga minha Mary Meerson, diretora da Cinémathèque Française — que foi, aliás, quem esteve à frente das primeiras negociações para o *Orfeu negro* e quem me apresentou Sacha Gordine. É uma mulher fabulosa. O filme se chamará *Une saison en enfer*, e é a vida do meu poeta favorito vista através de sua terrível morte em Marselha. Como se fossem "iluminações". Estamos pensando em Laurent Terzieff para o papel, mas, embora seja ele um grande ator, acho sua fisionomia por demais eslava. Estou mais inclinado para um jovem compositor francês, de muito talento, que está começando também a atuar em cinema: Pierre Bahout (pronuncia-se Barru). Tenho também com Mary Meerson um outro grande projeto: cenarizar um argumento seu, de excelente qualidade, para um filme a se chamar *O terceiro Fausto*.

Você se considera um homem triste ou alegre?
Sou um homem triste, com uma grande vocação para a alegria. Aliás, como pode ser alguém alegre com tanta miséria à volta?

Acredita em Deus?
Acredito mais no Deus de João XXIII do que no de Pio XII.
Mais no de Dom Hélder do que no de Dom Jaime. Mais no
de minha avozinha falecida D. Maria da Conceição de
Melo Moraes, que nós chamávamos Vovó Neném, e que
sempre dizia: "Seja tudo pelo amor de Deus...", do que no
de um outro membro da família, também desobjetivado, e
que só dizia assim: "Não faz isso senão Deus te castiga!"
Sou mais o Deus de Alceu de Amoroso Lima do que o de
Gustavo Corção. Eu pessoalmente não acredito em Deus.
Pero que lo hay, lo hay...

Reza algumas vezes?
Sempre. Um homem como eu, que está sempre apaixonado, vive em prece.

Como será seu novo livro, O mergulhador?
Olhe, meu caro, nesse livro eu só estou entrando com a
poesia. O resto é tudo ideia de meu filho Pedro de Moraes,
que o ilustrou fotograficamente: aliás, sem corujismo, belas
fotografias. Trata-se de uma edição de luxo, tiragem de 1000
exemplares, sendo que os primeiros 50 com um soneto inédito em manuscrito. Está sendo caprichosamente feito no
atelier de Vera Tormenta, sob o olho vigilante de Pedrinho.
Acho que aí por novembro deve estar na rua.

De que tem mais orgulho?
De meus filhos. São todos bacanérrimos. Susana é isso que
se vê: linda, inteligente, inquieta, artista, uma grande mulherzinha. Além do mais me deu um neto que é uma graça,
um menininho todo dourado e que, creio, vai provocar as
maiores baixas no sexo oposto, logo que a ocasião se apresentar. Pedro é um garoto cem por cento, artista, sensível,
demasiado humano: um homem positivo, sem medo da
vida e do amor. Agora anda numa fase de relativa descren-

ça, mas creio que isso passa: tenho fé nele. Georgiana é a coisa mais linda que já se viu, uma princesinha carioca, cheia de bossa, elegante e bem-lançada como um brotinho de rosa. Luciana, a caçula, é por demais. É uma menininha positivamente genial. Diz cada coisa que faria inveja a Jayme Ovalle, fosse ele vivo. E é também cheia de graça feminina. São todos gente bonita, inteligente, acordada. Me passaram muito bem a limpo. Há uma outra menina de quem tenho muito orgulho. É uma menina com uma flor. Uma flor de crochê, num vestidinho assinado Dorothée, e uma outra no coração. Chama-se Nelita Abreu Rocha de Moraes e atualmente compartilha comigo as alegrias e agruras de viver.

Em que idade teve você o maior amor de sua vida?
Eu só tive maiores amores, e eles vieram sempre crescendo à medida que meu tronco se foi dilatando, minha copa se tornando mais frondosa e minhas raízes mais fundas. Sou um homem como uma árvore, cheio de parasitas e passarinhos, frutos podres e folhas novas, carunchado de uns lados, dando brotos de outros, escorrendo resina e absorvendo sempre seiva nova. Se um raio não me ferir, creio que viverei um século. E estou vivendo, aos 50 anos, o meu maior amor.

Faz músicas por quê? Para esquecer?
Ao contrário, para lembrar. Lembrar a mim mesmo e aos outros.

De seus parceiros, Vinicius, qual o melhor?
Meus principais parceiros, Antonio Carlos Jobim, Carlinhos Lyra e Baden Powell, são para mim como o Pai, o Filho e o Espírito Santo da Santíssima Trindade. Tom é, evidentemente, o mais completo e experiente, mas os três são grandes, cada um à sua maneira. E há Pixinguinha. Pixin-

guinha, sei lá... Pixinguinha, eu acho que é o próprio Deus em pessoa. Pixinguinha é um santo. Se houvesse uma Igreja brasileira, creio que o Pixinga seria canonizado em vida. Poucos seres humanos eu conheci mais perfeitos. Isso sem falar em Ari Barroso, o meu querido Ari, de quem fui o último parceiro, e que deu muito para me visitar à noite, lá em Paris. Agora, sossegou um pouco. Acho o nosso "Rancho das namoradas" uma coisa! Agora tenho dois parceiros novos em quem acredito muito: Edu Lobo e Francis Hime. Edu acabou de mostrar-me coisas novas que fez, todas ótimas. Tenho tido uma grande felicidade com meus casamentos na música, como na vida. Desde Paulo e Haroldo Tapajós, com quem fiz minhas primeiras músicas, ainda na adolescência, e passando por Paulinho Soledade, Antônio Maria, Ciro Monteiro, Alaíde Costa e Nilo Queirós, é tudo gente de primeira, que só me tem dado coisas boas. Até agora só um "bateu pino", mas... deixa pra lá! No setor da música erudita, Claudio Santoro, com quem escrevi treze canções de câmara, é também um grande amigo e um praça ótimo. Isso sem falar em João Sebastião Bach...

Qual a sua grande musa?
A Morte.

Já fez algum poema para Brigitte?
Acho que isso compete a Bob Zaguri.

Já fez música para algum verso de Senghor?
Não. Não sou especificamente músico, sou poeta. A música em mim é uma decorrência. Só faço música eu mesmo quando meus parceiros não estão por perto. Aí sai mesmo.

Já viu De Gaulle de perto?
Olhe, uma vez ele chegou para mim e disse: "Vinicius, vem um dia desses ao Elysée, depois do expediente, para a gente

tocar um violãozinho amigo...", e aí eu respondi: "Mas sem o Malraux...", e ele coçou a cabeça, porque gosta muito do Malraux, mas acabou concordando porque o Malraux é mais das artes plásticas, tem pouco ouvido. Mas aí eu acordei.

O sábado é a sua sexta-feira 13, Vinicius? Por quê?
Espere aí — confesso que esta eu não entendi. Você quer se referir ao meu poema "O dia da Criação"? Se for, na verdade eu gosto das sextas-feiras 13. Quando cai no sábado, então, é perfeito.

Senghor seria Castro Alves ou Manuel Bandeira?
Mais uma cruza de Castro Alves com Cruz e Sousa.

O Paris de sua mocidade é o Paris de hoje?
Não. Paris mudou. Na minha opinião, para pior. Agora mesmo, na época forte do turismo, foi lançada a "campanha do sorriso", diante da grande evasão turística para a Espanha, onde as coisas são mais baratas e os garçons mais gentis. Mas é preciso "estar por dentro" de Paris para sentir e amar a cidade. É preciso ter vivido lá, como Di Cavalcanti, Rubem Braga e eu vivemos. Não se pode dar muita confiança a Paris, senão ela lhe pisa em cima.

O amor já lhe pregou alguma peça?
Nunca. O amor tem sido perfeito comigo.

Por que o mar tanto o apaixona?
Não sei... Fui menino criado em ilha, nadava como um peixe, namorei muito no mar. Depois, segundo os cientistas, o mar é a Lua, isto é, o mar é a superfície da Terra que, numa antiga explosão, foi precipitada tão alto que escapou à força de gravidade do nosso planeta e transformou-se na divina Selene. E eu sou um ser muito lunar. Tenho uma grande, e triste, intimidade com o mar. Gostaria de morrer afogado,

ou que pelo menos meus despojos fossem atirados ao mar, para eu me transformar, como o poeta Hart Crane, em *fish food*: comida de peixe.

E seus mestres, quais foram?
O maior foi a mulher, e continua sendo. Isso, dentro da vida. Na poesia foram meu finado pai, Guilherme de Almeida, Menotti del Picchia, Júlio Dantas, Guerra Junqueiro, Castro Alves na fase adolescente. Depois, Manuel Bandeira, Jayme Ovalle, o Camões lírico, o Romanceiro português, um pouco de Rilke, um pouco de Lorca, um pouco de Eliot, um pouco de Blake, um pouco de Whitman. E muito de Shakespeare e Rimbaud. Este sobretudo, que continuo a achar o maior poeta de quantos já nasceram. No setor da música, em que funciono "de ouvido", aprendi muito com Bach e Chopin, e depois com Debussy e Ravel, que acho (Ravel sobretudo) os pais da música moderna, sobretudo no campo da harmonia. Ravel é genial. E Villa-Lobos, que considero, sem favor, o maior músico erudito deste século — mais que Prokofiev ou Stravinski. Com relação à música popular, absorvi de tudo, do tango argentino à música diatônica oriental. Aprendi com os sambistas antigos, Pixinguinha e Ismael Silva sobretudo; com os grandes do jazz americano, de Jelly Roll Morton a Charlie Parker, incluindo alguns "cobras" do cool jazz. Aprendi com Caymmi, com Ari, com Donato, com João Gilberto. Mas com quem mais aprendi foi com meus parceiros, Antonio Carlos Jobim sobretudo. Estou sempre aprendendo. Agora estou aprendendo com Baden, com Edu Lobo, com Francis Hime. E vou recomeçar a aprender com Carlinhos Lyra, com quem vou retomar o trabalho. É um nunca-acabar de aprender. Evidentemente, porque todos esses músicos nunca tiram exatamente o mesmo som dos instrumentos, há sempre uma novidadezinha, uma harmoniazinha nova que surge, um sentimento diferente no canto...

A Garota de Ipanema está feliz nos Estados Unidos?
Com mais de um milhão de discos vendidos, acho que ela
deve estar tinindo de contentamento.

Como você encontrou Ipanema?
De braços abertos à minha espera. Sou da Gávea, mas confesso que a passo para trás cada vez mais frequentemente
com Ipanema, da qual sou poeta honorário.

*Dizem que você é candidato a uma próxima vaga da Acade-
mia Brasileira de Letras. É verdade?*
Não. Não tenho nada contra a Academia, entre os membros
da qual conto com grandes amigos como Manuel Bandeira,
Jorge Amado e Guimarães Rosa. Mas é que... — quer saber
de uma coisa? Eu só ando de gravata mesmo porque diplo-
mata é um ser de gravata, não há nada a fazer. Detesto tudo
que me aperta, que me tolhe os movimentos. Deus me livre
de ficar embalsamado dentro daquele fardão da Academia!

CRONOLOGIA

1913 Nasce Vinicius de Moraes, em 19 de outubro, no bairro da Gávea, Rio de Janeiro, filho de Lydia Cruz de Moraes e Clodoaldo Pereira da Silva Moraes.

1916 A família muda-se para Botafogo, e Vinicius passa a residir com os avós paternos.

1922 Seus pais e os irmãos transferem-se para a ilha do Governador, onde Vinicius constantemente passa suas férias.

1924 Inicia o curso secundário no Colégio Santo Inácio, em Botafogo.

1928 Compõe, com Haroldo e Paulo Tapajós, respectivamente, os foxes "Loura ou morena" e "Canção da noite", gravados pelos Irmãos Tapajós em 1932.

1929 Bacharela-se em letras, no Santo Inácio. Sua família muda-se para a casa contígua àquela onde nasceu o poeta, na rua Lopes Quintas.

1930 Entra para a Faculdade de Direito da rua do Catete.

1933 Forma-se em direito e termina o Curso de Oficial de Reserva. Estimulado por Otávio de Faria, publica seu primeiro livro, *O caminho para a distância*, na Schmidt Editora.

1935 Publica *Forma e exegese*, com o qual ganha o Prêmio Felipe d'Oliveira.

1936 Publica, em separata, o poema *Ariana, a mulher*.

1938 Publica *Novos poemas*. É agraciado com a bolsa do Conselho Britânico para estudar língua e literatura inglesas na Universidade de Oxford (Magdalen College), para onde parte em agosto do mesmo ano. Trabalha como assistente do programa brasileiro da BBC.

1939 Casa-se, por procuração, com Beatriz Azevedo de Mello. Regressa da Inglaterra em fins do mesmo ano, devido à eclosão da Segunda Grande Guerra.

1940 Nasce sua primeira filha, Susana. Passa longa temporada em São Paulo.

1941 Começa a escrever críticas de cinema para o jornal *A Manhã* e colabora no "Suplemento Literário".

1942 Nasce seu filho, Pedro. Faz uma extensa viagem ao Nordeste do Brasil acompanhando o escritor americano Waldo Frank.

1943 Publica *Cinco elegias*. Ingressa, por concurso, na carreira diplomática.

1944 Dirige o "Suplemento Literário" d'*O Jornal*.

1946 Parte para Los Angeles, como vice-cônsul, em seu primeiro posto diplomático. Publica *Poemas, sonetos e baladas* (372 exemplares, com ilustrações de Carlos Leão).

1947 Estuda cinema com Orson Welles e Gregg Toland. Lança, com Alex Viany, a revista *Filme*.

1949 Publica *Pátria minha* (tiragem de cinquenta exemplares, em prensa manual, por João Cabral de Melo Neto, em Barcelona).

1950 Morre seu pai. Retorna ao Brasil.

1951 Casa-se com Lila Bôscoli. Colabora no jornal *Última Hora* como cronista diário e, posteriormente, como crítico de cinema.

1953 Nasce sua filha Georgiana. Colabora no tabloide semanário "Flan", de *Última Hora*. Edição francesa das *Cinq élégies*, nas edições Seghers. Escreve crônicas diárias para o jornal *A Vanguarda*. Segue para Paris como segundo-secretário da embaixada brasileira.

1954 Publica *Antologia poética*. A revista *Anhembi* edita sua peça *Orfeu da Conceição*, premiada no concurso de teatro do IV Centenário da cidade de São Paulo.

1955 Compõe, em Paris, uma série de canções de câmara com o maestro Claudio Santoro. Trabalha, para o produtor Sasha Gordine, no roteiro do filme *Orfeu negro*.

1956 Volta ao Brasil em gozo de licença-prêmio. Nasce sua terceira filha, Luciana. Colabora no quinzenário *Para Todos*. Trabalha na produção do filme *Orfeu negro*. Conhece Antonio Carlos Jobim e convida-o para fazer a música de *Orfeu da Conceição*, musical que estreia no Teatro Municipal do Rio de Janeiro. Retorna, no fim do ano, a seu posto diplomático em Paris.

1957 É transferido da embaixada em Paris para a delegação do Brasil junto à Unesco. No fim do ano é removido para Montevidéu, regressando, em trânsito, ao Brasil. Publica *Livro de sonetos*.

1958 Parte para Montevidéu. Casa-se com Maria Lúcia Proença. Sai o LP *Canção do amor demais*, de Elizete Cardoso, com músicas suas em parceria com Tom Jobim.

1959 Publica *Novos poemas II*. *Orfeu negro* ganha a Palme d'Or do Festival de Cannes e o Oscar de Melhor Filme Estrangeiro.

1960 Retorna à Secretaria do Estado das Relações Exteriores. Segunda edição (revista e aumentada) de *Antologia poética*. Edição popular da peça *Orfeu da Conceição*. É lançado *Recette de femme et autres poèmes*, tradução de Jean-Georges Rueff, pelas edições Seghers.

1961 Começa a compor com Carlos Lyra e Pixinguinha. É publicada *Orfeu negro*, com tradução italiana de P. A. Jannini, pela Nuova Academia Editrice.

1962 Começa a compor com Baden Powell. Compõe, com Carlos Lyra, as canções do musical *Pobre menina rica*. Em agosto, faz show com Tom Jobim e João Gilberto na boate Au Bon Gourmet. Na mesma boate, apresenta o espetáculo *Pobre menina rica*, com Carlos Lyra e Nara Leão. Compõe com Ari Barroso. Publica *Para viver um grande amor*, livro de crônicas e poemas. Grava, como cantor, disco com a atriz e cantora Odete Lara.

1963 Começa a compor com Edu Lobo. Casa-se com Nelita Abreu Rocha e parte para um posto em Paris, na delegação do Brasil junto à Unesco.

1964 Regressa de Paris e colabora com crônicas semanais para a revista *Fatos e Fotos*, assinando, paralelamente, crônicas sobre música popular para o *Diário Carioca*. Começa a compor com Francis Hime. Faz show (transformado em LP) com Dorival Caymmi e o Quarteto em Cy na boate carioca Zum-Zum.

1965 Publica a peça *Cordélia e o peregrino*, em edição do Serviço de Documentação do Ministério da Educação e Cultura. Ganha o primeiro e o segundo lugares do I Festival de Música Popular Brasileira da TV Excelsior de São Paulo, com "Arrastão" (parceria com Edu Lobo) e "Valsa do amor que não vem" (parceria com Baden Powell). Trabalha com o diretor Leon Hirszman no roteiro do filme *Garota de Ipanema*. Volta à apresentação com Caymmi, na boate Zum-Zum.

1966 São feitos documentários sobre o poeta pelas televisões americana, alemã, italiana e francesa, os dois últimos realizados pelos diretores Gianni Amico e Pierre Kast. Publica *Para uma menina com uma flor*. Faz parte do júri do Festival de Cannes.

1967 Publica a segunda edição (aumentada) do *Livro de sonetos*. Estreia o filme *Garota de Ipanema*.

1968 Falece sua mãe, em 25 de fevereiro. Publica *Obra poética*, organizada por Afrânio Coutinho, pela Companhia Aguilar Editora.

1969 É exonerado do Itamaraty. Casa-se com Cristina Gurjão.

1970 Casa-se com Gesse Gessy. Nasce sua filha Maria Gurjão. Início de sua parceria com Toquinho.

1971 Muda-se para a Bahia. Viaja para a Itália.

1972 Retorna à Itália com Toquinho, onde gravam o LP *Per vivere un grande amore*.

1975 Excursiona pela Europa. Grava, com Toquinho, dois discos na Itália.

1976 Casa-se com Marta
Rodrigues Santamaria.

1977 Grava LP em Paris,
com Toquinho. Show com
Tom, Toquinho e Miúcha,
no Canecão.

1978 Excursiona pela Europa
com Toquinho. Casa-se
com Gilda de Queirós Mattoso.

1980 Morre, na manhã de
9 de julho, em sua casa,
na Gávea.

CRÉDITOS DAS IMAGENS

Todos os esforços foram feitos para determinar a origem das imagens deste livro. Nem sempre isso foi possível. Teremos prazer em creditar as fontes, caso se manifestem.

pp. 1 e 2 Carlos Scliar/ Acervo Nelita Leclery. Reprodução: Bel Pedrosa.

pp. 3 e 4 Acervo Arquivo — Museu de Literatura Brasileira, da Fundação Casa de Rui Barbosa.

p. 5 Acervo Nelita Leclery.

pp. 6 e 7 © Robert Capa © 2001 by Cornell Capa/ Magnum Photos/ LatinStock.

p. 8 J. Antonio/ CPDoc JB.

p. 9
Alberto Ferreira/ CPDoc JB.
Alberto Jacob/ CPDoc JB.
Alberto Jacob/ CPDoc JB.
França/ CPDoc JB.

p. 10
Antonio Teixeira/ CPDoc JB.
'Willow Bough' wallpaper design, 1887 by William Morris (1834-96) Private Collection/ The Bridgeman Art Library.
Arquivo Carlos Lyra/ Agência O Globo.
Chiyogami: Cyoukarakusanoekawa © Kikujudo Isetatsu.
Pinheiro/ CPDoc JB.
DR/ Clara Alvim.
Chiyogami: Shidareume © Kikujudo Isetatsu.

p. 11
Chiyogami: Shidareume © Kikujudo Isetatsu.
Arquivo/ CPDoc JB.
'Willow Bough' wallpaper design, 1887 by William Morris (1834-96) Private Collection/ The Bridgeman Art Library.
Braz Bezerra/ CPDoc JB.
Arquivo/ CPDoc JB.
Acervo Última Hora/ Folha Imagem.
Chiyogami: Cyoukarakusanoekawa © Kikujudo Isetatsu.

p. 12 Acervo Arquivo — Museu de Literatura Brasileira, da Fundação Casa de Rui Barbosa.

p. 13 Acervo Nelita Leclery.

pp. 14 e 15
Alberto da Veiga Guignard
Ouro Preto, 1960
óleo sobre madeira
45,5 × 54,5 cm
Coleção Gilberto Chateaubriand
MAM RJ
Fotógrafo: Fábio Ghivelder

p. 16
Chiyogami: Yaesakura © Kikujudo Isetatsu.
Jean Manzon/ Cepar.

ESTA OBRA FOI COMPOSTA EM
FAIRFIELD POR WARRAKLOUREIRO
E IMPRESSA EM OFSETE
PELA RR DONNELLEY SOBRE
PAPEL PÓLEN SOFT DA
SUZANO PAPEL E CELULOSE
PARA A EDITORA SCHWARCZ
EM MAIO DE 2015

A marca FSC® é a garantia de que a madeira utilizada na fabricação do papel deste livro provém de florestas que foram gerenciadas de maneira ambientalmente correta, socialmente justa e economicamente viável, além de outras fontes de origem controlada.